U0153333

新聞華語

Easy to Learn Chinese

五南圖書出版公司 印行

楊琇惠—編著

序

　　當外籍生學習華語到了中高級的階段時，一定會走向較為專精的專業華語領域，此時的學習者，在生活中已能溝通無礙，是以那些只教日常生活對話的教材，已不再能滿足他們的需求。他們所需要學習的是那些較為專業、艱深的語詞或內容，好讓他們可以在自己專精的領域上發揮，或是更深入地去了解目地語的文化，甚至更精確地表達自己的想法，而「專業華語」便因此而誕生了。就目前市場上而言，最常見到的專業華語教材，無非是「商用華語」，因為很多人都是為了生意往來上的需求，而開始學習第二外語的。

　　然而，除了「商用華語」之外，「新聞華語」也是很重要且不容忽視的。因為學習者在學會基本的生活會話後，如果不進一步透過電視新聞或是報章雜誌，來深入理解該目的語的當前情況或文化時，是很難打入目的語的文化圈的，同時，也很難和母語者針對某些專門的議題，進行較為深入的溝通。因此，新聞教學可說是語言學習中相當重要的一環。雖說新聞華語是這麼樣的重要，但是市面上能見到的新聞華語專書並不多。不像英文新聞教材那樣，耕耘既久，類型多元，可供學習者選擇的類別甚多，不但有專門教閱讀技巧的，還有專門教聽力的，更有綜合兩者的教材。

　　在參考了市面上華語新聞的教材及英文新聞的編輯和教學模式後，筆者開始思考，如何才能編輯出一本不一樣的新聞華語專書。幾經思量，除了廣收各類的新聞，如：政治新聞、財經新聞、科技新聞、社會新聞、生活新聞、健康新聞、新奇新聞等等之外，筆者最想做的改變，便是在練習題上做創新。

　　本人在編輯華語教材時，有個核心的理念，那就是希望能讓學生藉由教材，同時習得聽、說、讀、寫四個面向。而當筆者在編輯新聞華

語時，亦不離此核心理念，因此要如何設計出能讓同學操練語言的練習題型，便成了我們的課題。最後，本人決定回到新聞誕生的原點，也就是從「採訪」讓學生練習起，讓學生得以從思考問題，問問題，回答問題，來反覆練習語言，並深入該新聞主題的學習與認知。例如，在討論到同志婚姻的議題時，便會先請同學互問五個問題，題目如下：

  1.在你的國家，大眾對於同志婚姻的看法是什麼？

  2.為什麼大眾會有這樣的看法？

  3.你支持同志婚姻嗎？

  4.你為什麼支持？（或是不支持？）

  5.你會用什麼方式表達你的看法？

  請同學相互問完這五題後，教師可以直接進入課文，待講析完課文後，接著，就可以請同學做下一個練習。亦即學習如何發問，像這一課的問題是：「如果你有機會，能夠訪問一位法律專家對於同志婚姻在法律上的看法，你會準備哪些問題？」學生必須寫出五個問題。待學生完成這個作業後，還有五題更為艱深的問題來提供全班作為團體討論的素材。以本單元來說，其問題如下：

  1.你是否同意同性婚姻合法化？為什麼？

  2.為什麼其他亞洲國家對於同志的態度比較保守？

  3.為什麼臺灣對LGBT的態度更友善呢？

  4.你認為政府認可同性婚姻後，應該修改現有法律還是另設一個專 法呢？為什麼？

  5.你認為宗教信仰對於LGBT的觀感是否有影響？為什麼？

  這樣的問題除了可以讓全班進行辯論式的交流外，也可以當作個人作業，讓學生練習短文寫作。就此，本書為了方便同學作答，在每個問題下面都留有空白的地方，讓學生可以隨手書寫。這樣一來，學生就不必另外準備筆記本，而可以直接寫在書本上，並可直接看著自己的回答

來進行討論或複習。

　　最後，想要說明的是，本書的新聞雖然全都是改寫自原有的新聞，但不論是在取材上或是練習題的設計上，都相當用心。尤其是練習題的設計，透過上述三個由淺而深的完整練習，相信學生不但能很快地學習到該主題的相關用語，還能深入地去思考、分析該議題，甚至還能嘗試著表達出自己的看法。因此，當本團隊在完成這本新聞華語書時，內心是欣喜且自豪的，我們由衷地希望，所有以這本新聞華語來學習的學生，都能透過一則則新聞的學習，來提升華語能力，培養思辨能力，然後能走入群中，走入華人社會，並與世界接軌。

楊琇惠

北科大文化事業發展系

2018/3/23

Content

序

1 阿里山上[1] 與櫻共舞

Ālǐshān shàng yǔ yīng gòngwǔ

每 逢 初春，只要 在臺18線60公里 處 的 路段 行駛，
měi féng chūchūn　zhǐyào zài tái　xiàn　gōnglǐ chù de lùduàn xíngshǐ

總 會 令人 驚喜 連連。 漫 山 遍野 的 櫻 花[2]，把阿里山
zǒng huì lìngrén　jīngxǐ liánlián　mànshān piànyě de yīnghuā　bǎ Ālǐshān

點 綴[3] 得 像 個 嬌 羞[4] 的 少 女[5]，好不 美麗。那 壯 觀[6] 的 花
diǎnzhuì de xiàng ge jiāoxiū de shàonǚ　hǎo bù měilì　nà zhuàngguān de huā

海， 總是 吸引 無數 的 遊客，千里 迢 迢[7] 地 來 賞 櫻；
hǎi　zǒngshì xīyǐn wúshù de yóukè　qiānlǐ tiáotiáo　de lái shǎngyīng

跟 櫻 花 約會，已然 成 為 一年 一度 不可 錯 過 的 盛 事。
gēn yīnghuā yuēhuì　yǐrán chéngwéi yī nián yí dù bù kě cuòguò de shèngshì

今年 的 賞花 期[8] 預計 從 三 月 十 日 到 四 月 十 日，為期 一個
jīnnián de shǎnghuāqí　yùjì cóng sān yuè shí rì dào sì yuè shí rì　wéiqí yí ge

月， 請 民 眾 務必 把握[9]最佳 的 賞花 期。
yuè　qǐng mínzhòng wùbì bǎwò zuì jiā de shǎnghuāqí

阿里山 主要 種 植 的 花 種[10]為 臺灣 緋寒櫻（山 櫻
Ālǐshān zhǔyào zhòngzhí de huāzhǒng　wéi Táiwān Fēihányīng Shān yīng

花）、千 島 櫻、吉野 櫻 與 八 重 櫻 等 花 種。
huā　Qiāndǎoyīng　Jíyěyīng yǔ Bāchóngyīng děng huāzhǒng

不同 的 花 種 交錯 綻 放[11]，濃淡 不 一 的 花色，展現
bùtóng de huāzhǒng jiāocuò zhànfàng　nóngdàn bù yī de huāsè zhǎnxiàn

出 多 樣 的 容貌，值得 你 我 放 慢 腳步 慢 慢 觀 賞。
chū duōyàng de róngmào　zhídé nǐ wǒ fàngmàn jiǎobù mànmàn guānshǎng

在賞花時，如果能留意花叢，或許還能看見臺灣的
zài shǎnghuā shí rúguǒ néng liúyì huācóng huǒxǔ hái néng kànjiàn Táiwān de

原生種[12]鳥類。
yuánshēngzhǒng niǎolèi

根據阿里山工作站的方士明表示，賞櫻時，
gēnjù Ālǐshān gōngzuòzhàn de Fāng shìmíng biǎoshì shǎngyīng shí

不妨往花間裡看，因為櫻花盛開之際，很多小鳥
bùfáng wǎng huājiān lǐ kàn yīnwèi yīnghuā shèngkāi zhī jì hěn duō xiǎoniǎo

都前來採食花蜜[13]。其中最常見的鳥種是「冠羽畫
dōu qiánlái cǎishí huāmì qízhōng zuì chángjiàn de niǎozhǒng shì Guànyǔhuà

眉」，另外白耳畫眉、紋翼畫眉、青山背雀、煤山雀及
méi lìngwài Báiěr huàméi Wényìhuàméi Qīngshānbèiquè Méishānquè jí

黃山雀等，也都會停留在櫻花樹上。因此提醒愛鳥
Huángshānquè děng yě dōuhuì tíngliú zài yīnghuāshù shàng yīncǐ tíxǐng àiniǎo

人士千萬別錯過這個難得的機會。
rénshì qiānwàn bié cuòguò zhè ge nándé de jīhuì

就花期盛開的順序[14]來說，山櫻花會最早開，從
jiù huāqí shèngkāi de shùnxù láishuō Shānyīnghuā huì zuìzǎo kāi cóng

年初一直開到三月。接下來是嫩粉色的千島櫻，
niánchū yìzhí kāidào sān yuè jiēxiàlái shì nènfěnsè de Qiāndǎoyīng

千島櫻是日系[15]的櫻花品種，它們將在三月初和
Qiāndǎoyīng shì rìxì de yīnghuā pǐnzhǒng tāmen jiāng zài sānyuè chū hé

大家見面，但是由於它們的數量不多，所以民眾要
dàjiā jiànmiàn dànshì yóuyú tāmen de shùliàng bù duō suǒyǐ mínzhòng yào

仔細看，才能看到它們的身影。再來就是數量最為
zǐxì kān　cái néng　kàndào tāmen de shēnyǐng　　zàilái jiùshì shùliàng zuìwéi

龐大的吉野櫻，它們可是阿里山花季的主角。
pángdà de Jíyěyīng　　tāmen kě shì Ālǐshān huājì de zhǔjiǎo

滿山遍野[16]的吉野櫻將在三月底進入盛開期[17]，民
mǎnshān piànyě　de Jíyěyīng jiāng zài sān yuè dǐ jìnrù shèngkāiqí　　mín

眾可以看到白色和粉色兩種花色。其實，吉野櫻
zhòng　kěyǐ kàndào báisè hé fěnsè　liǎng zhǒng huāsè　　qíshí　　Jíyěyīng

除了阿里山之外，在日本、華盛頓特區也都享有
chúle　Ālǐshān zhīwài　　zài Rìběn　　Huáshèngdùn　tèqū yě dōu xiǎngyǒu

盛名[18]，深受大家喜愛。
shèngmíng　　shēnshòu dàjiā xǐài

吉野櫻最佳的觀賞地點，當屬阿里山派出所[19]及阿
Jíyěyīng zuì jiā de guānshǎng dìdiǎn　　dāng shǔ Ālǐshān pàichūsuǒ　jí Ā

里山賓館[20]的前方，民眾可以把握盛開期，到這兩個
lǐshān bīnguǎn　de qiánfāng　　mínzhòng kěyǐ bǎwò shèngkāiqí　dào zhèliǎng ge

地方去拍照留念。
dìfāng qù pāizhào liúniàn

最後，接續開花的是原產日本，花朵較大的
zuìhòu　　jiēxù kāihuā de shì yuánchǎn Rìběn　　huāduǒ jiào dà de

八重櫻與富士櫻。因此，從年初一路到四月上旬
Bāchóngyīng yǔ Fùshìyīng　　yīncǐ　　cóng niánchū yílù dào sì yuè shàngxún

都是賞花的好時節[21]。
dōushì shǎnghuā de hǎo shíjié

今年 上半年，因爲氣溫[22]及雨水的影響，使得櫻花
jīnnián shàngbàn nián yīnwèiqìwēn jí yǔshuǐ de yǐngxiǎng shǐde yīnghuā

的盛開情形不如往常。幸好阿里山除了櫻花
de shèngkāi qíngxíng bùrú wǎngcháng xìnghǎo Ālǐshān chúle yīnghuā

之外，還有日出[23]、雲海[24]、神木[25]及晚霞[26]等美景，因此
zhīwài háiyǒu rìchū yúnhǎi shénmù jí wǎnxiá děng měijǐng yīncǐ

遊客上山，仍然可以盡興而歸[27]。想要上山的遊客，
yóukè shàngshān réngrán kěyǐ jìnxìng ér guī xiǎngyào shàngshān de yóukè

除了要注意保暖，並帶好雨具之外，也要注意一下交通
chúle yào zhùyì bǎonuǎn bìngdàihǎo yǔjù zhīwài yě yào zhùyì yíxià jiāotōng

訊息，好避開塞車[28]路段或人潮[29]。
xùnxí hǎo bìkāi sāichē lùduàn huò réncháo

最後，林務局[30]技士王明龍表示，阿里山園區內的
zuìhòu Línwùjú jìshì Wángmínglóng biǎoshì Ālǐshān yuánqūnèi de

櫻花預計在四月進入尾聲[31]，到了那時櫻花大半已經
yīnghuā yùjì zài sì yuè jìnrù wěishēng dào le nà shí yīnghuā dàbàn yǐjīng

凋零[32]，因此，那時才要上山的民眾可能就欣賞
diāolíng yīncǐ nà shí cái yào shàngshān de mínzhòng kěnéng jiù xīnshǎng

不到櫻花盛開的美景了。
búdào yīnghuā shèngkāi de měijǐng le

不過，這時園區內的染井吉野櫻還開著，還是可以拍
búguò zhèshí yuánqū nèi de Rǎnjǐng Jíyěyīng háikāizhe háishì kěyǐ pā

到漂亮的畫面。因此，即便錯過了花季，仍可以趁機
dào piàoliàng de huàmiàn yīncǐ jíbiàn cuòguò le huājì réng kěyǐ chènjī

捕捉 賞 櫻 季的尾巴。
bǔzhuō shǎngyīng jì de yǐbā

新聞來源

1. 阿里山櫻花季搶先看　推薦7賞花景點（中時電子報）

2. 全民瘋賞櫻，但你知道你賞的是哪種櫻嗎？（農傳媒）

3. 阿里山山櫻花開了？可能是少數花期錯亂（聯合新聞網）

4. 阿里山花季花況邁入盛開期！周邊交管將延續至清明連假（東森新聞雲）

5. 阿里山國家公園櫻王綻英姿　清明連續假注意上山交管（公民新聞）

生詞 shēngcí Vocabulary

	詞	拼音	英文
1.	阿里山	Ālǐshān	Alishan
2.	櫻花	yīnghuā	cherry blossom
3.	點綴	diǎnzhuì	to embellish
4.	嬌羞	jiāoxiū	bashful
5.	少女	shàonǚ	young girl

6.	壯觀	zhuàngguān	spectacular
7.	千里迢迢	qiānlǐ tiáotiáo	to travel a long distance
8.	賞花期	shǎnghuāqí	flower viewing season
9.	把握	bǎwò	to seize
10.	花種	huāzhǒng	flower species
11.	綻放	zhànfàng	to bloom
12.	原生種	yuánshēngzhǒng	native species
13.	花蜜	huāmì	nectar
14.	順序	shùnxù	order
15.	日系	rìxì	Japanese
16.	滿山遍野	mǎnshān piànyě	covering the whole moutains
17.	盛開期	shèngkāiqí	blooming season
18.	享有盛名	xiǎngyǒu shèngmíng	famous
19.	派出所	pàichūsuǒ	police station
20.	賓館	bīnguǎn	hotel
21.	時節	shíjié	season
22.	氣溫	qìwēn	temperature
23.	日出	rìchū	sunrise
24.	雲海	yúnhǎi	sea of cloud
25.	神木	shénmù	divine tree

26.	晚霞	wǎnxiá	sunset
27.	盡興而歸	jìnxìng érguī	to return after thoroughly enjoy oneself
28.	塞車	sāichē	traffic jam
29.	人潮	réncháo	crowd
30.	林務局	Línwùjú	Forestry Bureau
31.	尾聲	wěishēng	end
32.	凋零	diāolíng	to wither

二、訪談練習

第一部分

請訪問你的同學,並寫下同學的回答。

1. 在你的國家,人們喜歡接近大自然嗎?

2. 在你的國家，人們喜歡哪些休閒活動？

_____

_____

3. 你喜歡外出郊遊還是待在家裡？為什麼？

_____

_____

4. 你的國家的國花是什麼花？請你形容一下那種花的顏色和形狀。

_____

_____

5. 你和朋友或家人出遊時，比較喜歡選擇去人多的地方還是人少的地方？為什麼？

_____

_____

第二部分

如果你有機會,能夠訪問一位去阿里山賞花的遊客,你會準備哪些問題?請寫出五個你想問他的問題。

1. _____

2. _____

3. _____

4. _____

5. _____

三、想一想

1. 請問,你去過阿里山嗎?若有,請分享你的旅遊經驗;若沒有,你會想去嗎?

_____

_____

2. 請問，你曾爬過山嗎？你爬過什麼山？看過什麼樣的景色？

_____

_____

3. 請問，你賞過花嗎？是否有特定喜歡的花種呢？

_____

_____

4. 請問，你們國家有哪些著名的賞花地點嗎？

_____

_____

5. 請問，在出門旅遊時，若碰上塞車或人潮過多時，你都是怎麼處理的呢？

_____

_____

② HBO被駭《權力遊戲》後續劇情外洩
bèi hài　　Quánlì　yóuxì　　hòuxù　jùqíng

wàixiè

一、新聞稿

《權力遊戲》第七季在7月 中 才 正 式 開播，近日HBO
Quánlì yóuxì dì qī jì zài yuè zhōng cái zhèngshì kāibò jìnrì

卻 宣布 內部系統 被駭客[1]侵入， 共 有 1.5TB 容 量 的資料遭
què xuānbù nèibù xìtǒng bèi hàikè qīnrù gòngyǒu róngliàng de zīliào zāo

竊[2]， 其 中 包括《權力遊戲》 最 新 劇本[3]。
qiè qízhōng bāokuò Quánlì yóuxì zuì xīn jùběn

《權力遊戲》（Game of Thrones）是HBO 當 前 最熱門
Quánlì yóuxì shì dāngqián zuì rèmén

的電視劇之一， 改編自著 名奇幻 小 說 《 冰 與 火之歌》
de diànshìjù zhīyī gǎibiān zì zhùmíng qíhuàn xiǎoshuō Bīng yǔ huǒ zhī gē

（A Song of Ice and Fire）， 內 容 講 述 虛構[4]大陸維斯特洛
nèiróng jiǎngshù xūgòu dàlù Wéisītèluò

（Westeros） 中 的各大家族爲了 爭 奪 [5]「鐵王座」而導致
zhōng de gè dà jiāzú wèi le zhēngduó Tiěwángzuò ér dǎozhì

的 一 連 串 權力鬥 爭 。
de yìliánchuàn quánlì dòuzhēng

影集[6]第一季第一集在2011年 4月 開播至今已吸引 全 世界
yǐngjí dì yī jì dì yī jí zài nián yuè kāibò zhìjīn yǐ xīyǐn quán shìjiè

千 萬 劇迷。對於劇迷來說， 提前 「劇透[7]」是 相 當 糟糕
qiānwàn jùmí duìyú jùmí láishuō tíqián jùtòu shì xiāngdāng zāogāo

的 行爲 ，但 每逢《權力遊戲》新一季播出，劇透、內容
de xíngwéi dàn měiféng Quánlì yóuxì xīn yí jì bòchū jùtòu nèiróng

分析在 網 上隨處可見，且原著 作者 曾 表示此部
fēnxī zài wǎngshàng suíchù kě jiàn qiě yuánzhù zuòzhě céng biǎoshì cǐ bù

電視劇 相 當 忠 於原著[8]，因此有些「資深」粉絲甚至
diànshìjù xiāngdāng zhōng yú yuánzhù yīncǐ yǒuxiē zīshēn fěnsī shènzhì

會 從 片 場[9] 流出的 照片 分析劇情走 向， 令人 防 不
huì cóng piànchǎng liúchū de zhàopiàn fēnxī jùqíngzǒuxiàng lìng rén fáng bù

勝 防[10]。爲此，劇組[11]不得不讓 演員 們在受訪時 編
shēng fáng wèicǐ jùzǔ bùdébú ràng yǎnyuán men zài shòufǎng shí biān

造[12] 虛構的劇情。飾演主要角色「瓊恩雪 諾 」（Jon Snow）
zào xūgòu de jùqíng shìyǎnzhǔyào jiǎosè QióngēnXuěnuò

的演員 也 曾 在一次訪談 中 提到，第七季的拍攝期間有
de yǎnyuán yě céng zài yí cì fǎngtán zhōng tídào dì qī jì de pāishè qíjiān yǒu

太多狗仔隊[13]在周 圍 潛伏[14]，劇組爲了不 讓 狗仔 取得後續
tài duōgǒuzǎiduì zài zhōuwéi qiánfú jùzǔ wèile bú rànggǒuzǎi qǔdé hòu xù

的劇情，還拍攝了「假情節」來誤導[15] 狗仔 們， 並 透露自己
de jùqíng háipāishè le jiǎ qíngjié lái wùdǎo gǒuzǎi men bìng tòulù zìjǐ

即參與了其中 的 三 場 ， 共 計15小時。
jí cānyù le qízhōng de sān chǎng gòng jì xiǎoshí

　　對此，雖然 仍無法 證 實 這個消息是 眞的，還是
duì cǐ suīrán réng wúfǎ zhèngshí zhè ge xiāoxí shì zhēnde háishì

《權力遊戲》的演員 又一次的 謊 言？但不難 看出 劇組
Quánlì yóuxì de yǎnyuán yòu yí cì de huǎngyán dàn bù nán kànchū jùzǔ

爲了嚴防[16]劇情外洩[17]的用 心。不過《權力遊戲》劇組可 能
wèile yánfáng jùqíngwàixiè de yòngxīn bú guò Quán lì yóu xì jù zǔ kě néng

小看了駭客對於電視劇的喜愛，據《娛樂周刊》
xiǎo kàn le hài kè duì yú diàn shì jù de xǐài jù Yúlè zhōukān

（Entertainment Weekly）報導，駭客於7月末，《權力遊戲》
bàodǎo hàikè yú yuèmò Quánlì yóuxì

第七季開播不久便寄了匿名[18]電郵給多位記者，信中
dì qī jì kāibò bù jiǔ biàn jì le nìmíng diànyóu gěi duō wèi jìzhě xìnzhōng

宣稱他們成功駭入HBO，並盜走了1.5TB的資料。
xuānchēng tāmen chénggōng hàirù bìngdàozǒu le de zīliào

目前他們對外公開了《權力遊戲》最新一集的
mùqián tāmen duìwài gōngkāi le Quánlì yóuxì zuì xīn yì jí de

內容，以及尚未播出的《好球天團》（Ballers）第三
nèiróng yǐjí shàngwèi bòchū de Hǎoqiú tiāntuán dì sān

季、《104號房》（Room 104）最新集數，甚至是預計2018
jì hào fáng zuìxīn jíshù shènzhì shì yùjì

年才要播出的《殺手巴瑞》的劇情。公布了那麼多的
nián cái yào bòchū de Shāshǒu bāruì de jùqíng gōngbù le nàme duō de

新劇情後，駭客更聲明日後會對大家公告更多的
xīn jùqíng hòu hàikè gèng shēngmíng rìhòu huì duì dàjiā gōnggào gèng duō de

內容。對此HBO主席兼執行長理查普列普爾（Richard
nèiróng duì cǐ zhǔxí jiān zhíxíngzhǎng Lǐchá Pǔlièpǔ̌ěr

Plepler）向員工們發送了安撫[19]信件，希望此事件不要
xiàng yuángōng men fāsòng le ānfǔ xìnjiàn xīwàng cǐ shìjiàn búyào

影響到大家的心情及對工作的熱忱[20]。雖然普列普爾
yǐngxiǎng dào dàjiā de xīnqíng jí duì gōngzuò de rèchén suīrán Pǔlièpǔ̌ěr

並 沒有 公布 被竊劇集的詳細資訊，但他強 烈表示，公司
bìng méiyǒu gōngbù bèiqiè jùjí de xiángxì zīxùn dàn tā qiánglièbiǎoshì gōngsī

的高級主管 與技術 團隊 已經協同 外部的 專家， 共 同
de gāojí zhǔguǎn yǔ jìshù tuánduì yǐjīng xiétóng wàibù de zhuānjiā gòngtóng

處理這個危機[21]，絕對不會 放任[22] 這 樣 的事件繼續發生。
chǔlǐ zhè ge wéijī juéduì bú huì fàngrèn zhèyàng de shìjiàn jìxù fāshēng

HBO在過去爲了不讓 《權力遊戲》 內容 提前 曝 光[23]，
zài guòqù wèile bú ràng Quánlì yóuxì nèiróng tíqián pùguāng

可以 說 是 用 盡了 各 種 招 數[24]，但依然招架 不住 駭客的
kěyǐ shuō shì yòng jìn le gèzhǒng zhāoshù dàn yīrán zhāojià búzhù hàikè de

正 面 攻擊。爲了積極處理此次的危機，HBO不但雇用了
zhèngmiàn gōngjí wèile jījí chǔlǐ cǐ cì de wéijī búdàn gùyòng le

安全 調查公司 進行偵查，同時也委請[25] 聯 邦 調查局
ānquán diàochágōngsī jìnxíngzhēnchá tóngshí yě wěiqǐng Liánbāng diàochájú

（FBI）介入調查 ，而FBI負責調查 的網路 安全 部門，
jièrù diàochá ér fùzé diàochá de wǎnglù ānquán bùmén

正 是2014年 調查索尼（Sony）影業 遭駭客襲擊的工 作
zhèng shì nián diàochá Suǒní yǐngyè zāo hàikè xíjí de gōngzuò

團 隊。
tuánduì

關於 案情的偵 辦[26]進度，HBO 美 國 總部 不願 正 面
guānyú ànqíng de zhēnbàn jìndù Měiguó zǒngbù búyuàn zhèngmiàn

回答，僅表示案件 正 在 調查 中 。這次HBO被駭對臺 灣
huídá jǐn biǎoshì ànjiàn zhèngzài diàochá zhōng zhè cì bèi hài duì Táiwān

並 沒有什麼 影響，根據 網站「HBOAsia」，上 述 三
bìng méiyǒu shénme yǐngxiǎng gēnjù wǎngzhàn　　　　　shàngshù sān

部 影集 播出 時間 維持 原 樣 ，並 無 異動[27]。
bù yǐngjí bòchū shíjiān wéichí yuányàng　　bìng wú yìdòng

新聞來源

1. HBO遭駭 駭客公布《權力遊戲》劇本索1.8億贖金（蘋果即時）
2. 《權力遊戲》太紅，HBO遭駭客入侵被提前「爆雷」！（INSIDE）
3. 駭客入侵HBO 冰與火之歌疑遭外洩（CNA通訊社）
4. 駭客公布權力遊戲最新劇本 威脅HBO付1.8億贖金（東森新聞雲）
5. 不畏駭客勒索750萬「冰與火之歌」收視再破新紀錄（噓！新聞）
6. HBO遭駭客入侵，《權力遊戲》未開播劇透流出（今週刊）
7. HBO《冰與火》成最新駭客受害者！傳新集劇本內容遭流出（自由
   時報）

生詞
shēngcí

Vocabulary

1.	駭客	hàikè	hacker
2.	遭竊	zāoqiè	be stolen
3.	劇本	jùběn	script

4.	虛構	xūgòu	fictional
5.	爭奪	zhēngduó	to fight for
6.	影集	yǐngjí	episode
7.	劇透	jùtòu	to spoil the plot
8.	忠於原著	zhōngyú yuánzhù	stick to the original version
9.	片場	piànchǎng	scene
10.	防不勝防	fáng bù shēng fáng	very difficult to guard against
11.	劇組	jùzǔ	crew
12.	編造	biānzào	to fabricate; to make up
13.	狗仔隊	gǒuzǎiduì	paparazzi
14.	潛伏	qiánfú	to lurk
15.	誤導	wùdǎo	to mislead
16.	嚴防	yánfáng	to strictly guard against
17.	外洩	wàixiè	to leak
18.	匿名	nǐmíng	anonymous
19.	安撫	ānfǔ	to comfort
20.	熱忱	rèchén	enthusiasm
21.	危機	wéijī	crisis
22.	放任	fàngrèn	to let alone
23.	曝光	pùguāng	to expose

24.	招數	zhāoshù	trick
25.	委請	wěiqǐng	to commission
26.	偵辦	zhēnbàn	to investigate
27.	異動	yìdòng	change

二、新聞放大鏡

1. 這則新聞發生在哪裡？

_____

_____

2. 這則新聞發生在什麼時候？

_____

_____

3. 從這則新聞可以知道，發生了什麼事？為什麼會發生這樣的事？請你
   說說看事情發生的經過。

_____

_____

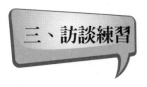

第一部分

請訪問你的同學，並寫下同學的回答。

1. 如果你喜歡的小說改拍成電影或影集，你會去看嗎？為什麼？

_____

_____

2. 在看小說時，你會先翻後面看結局嗎？為什麼？

_____

_____

3. 當你看電影時，旁邊的人一直跟你說後面的發展，你會有什麼樣的反
應？

_____

_____

4. 你的國家有狗仔隊嗎？你對他們有什麼看法？

_____

_____

5. 當你看報紙時，你喜歡看八卦新聞嗎？

_____

_____

第二部分

如果你有機會，能夠訪問知名影集的演員，你會準備哪些問題？請寫出
五個你想問他的問題。

1. _____

2. _____

3. _____

4. _____

5. _____

四、想一想

1. 你喜歡看電視劇或影集嗎？你認為為什麼會有那麼多人追劇呢？

_____

_____

2. 你喜歡提前知道劇情嗎？為什麼？

_____

_____

3. 請問，小說改編的影視作品有什麼優勢？

_____

_____

4. 除了搶先得知劇情，你認為駭客為什麼要侵入HBO內部系統？

_____

_____

5. 如果你是駭客，你最想得到什麼樣的資訊？為什麼？

_____

_____

③ 《你的名字》眞人化 電影

Nǐ de míngzi　　zhēnrén huà diànyǐng

籌備[1] 中

chóubèi zhōng

根據日本媒體[2]報導，日本東寶公司在上個月28日宣
gēnjù Rìběn méitǐ bàodǎo　Rìběn Dōngbǎo gōngsī zài shàng ge yuè　rì xuān

布，去年上映的人氣動漫電影《你的名字》，已由
bù　qùnián shàngyìng de rénqì dòngmàn diànyǐng　Nǐ de míngzi　yǐ yóu

好萊塢的派拉蒙影業公司（Paramount Pictures, Inc.）拿下
Hǎoláiwù de Pàilāméng yǐngyè gōngsī　náxià

眞人版[3]電影的拍攝權，目前正著手[4]進行籌備
zhēnrénbǎn diànyǐng de pāishèquán　mùqián zhèng zhuóshǒu jìnxíng chóubèi

工作中。
gōngzuò zhōng

日本原創[5]動畫[6]電影《你的名字》講述[7]了一對
Rìběn yuánchuàng dònghuà diànyǐng　Nǐ de míngzi　jiǎngshù le yí duì

陌生男女在夢境[8]中相遇、相知的故事，電影於
mòshēng nánnǚ zài mèngjìng zhōng xiāngyù　xiāngzhī de gùshì　diànyǐng yú

去年上映[9]時便造成轟動[10]，創下了總票房[11]
qùnián shàngyìng shí biàn zàochéng hōngdòng　chuàngxià le zǒng piàofáng

達337億日元的佳績，取代了自2001年上映以來就穩坐日
dá　yì rìyuán de jiājī　qǔdài le zì　nián shàngyìng yǐlái jiù wěnzuò Rì

本票房冠軍的《神隱少女》，榮升第一。
běn piàofáng guànjūn de Shényǐngshàonǚ　róngshēng dì yī

美國派拉蒙電影公司，聯合旗下子公司[12]壞機器人製
Měiguó Pàilāméng diànyǐng gōngsī　liánhé qíxià zǐgōngsī huài jīqìrén zhì

作公司（Bad Robot）買下《你的名字》真人 拍攝[13] 版 權[14]，
zuògōngsī   mǎixià   Nǐ de míngzi zhēnrén pāishè   bǎnquán

確定 未來 將把 真人 電影 搬上 大銀幕。
quèdìng wèilái jiāng bǎ zhēnrén diànyǐng bānshàng dà yíngmù

據悉，《你的名字》真人 版 電影 製作 團隊[15] 中，
jùxī   Nǐ de míngzi   zhēnrén bǎn diànyǐng zhìzuò tuánduì   zhōng

《星球大戰：原力覺醒》的導演[16]亞伯拉罕 將 與 原 編劇[17]
Xīngqiúdàzhàn   yuánlì juéxǐng   de dǎoyǎn Yàbólāhǎn jiāng yǔ yuán biānjù

川 村 元氣 共同 擔任製作 人[18]。而以《異星入境》入圍[19]
Chuāncūn yuánqì gòngtóng dānrènzhìzuò rén   ér yǐ Yìxīngrùjìng   rùwéi

今年奧斯卡「最佳改編劇本[20] 獎 」的 著 名 編劇艾瑞克
jīnnián Àosīkǎ   zuì jiā gǎibiān jùběn   jiǎng   de zhùmíng biānjù Àiruìkè

海斯勒，則 將 負責劇本的修改[21]與 撰 寫[22]。
Hǎisīlè   zé jiāng fùzé jùběn de xiūgǎi   yǔ zhuànxiě

動 漫 版《你的名字》的導演 對此表示 樂觀[23] 與期
dòngmàn bǎn Nǐ de míngzi   de dǎoyǎn duì cǐ biǎoshì lèguān   yǔ qí

待[24]。導演 認為，《你的名字》是以日本 生 活 環 境 為
dài   dǎoyǎn rènwéi   Nǐ de míngzi   shì yǐ Rìběn shēnghuó huánjìng wéi

背景 去構思[25]出來的電影，而當 這 樣一部作品 走 向 好
bèijǐng qù gòusī   chūlái de diànyǐng   ér dāng zhèyang yí bù zuòpǐn zǒuxiàng Hǎo

萊塢[26]，結合 好萊塢 的想 像 力[27] 與 製片技術，或許可以 讓
láiwù   jiéhé Hǎoláiwù de xiǎngxiànglì   yǔ zhìpiàn jìshù   huòxǔ kěyǐ ràng

人們 看到 更 多的可能。
rénmen kàndàogēng duō de kěnéng

「我 將 懷 著 期待 的 心情，等待 真 人 版 電 影 的
wǒ jiāng huáizhe qídài de xīnqíng děngdài zhēnrén bǎn diànyǐng de

誕 生 。」對此，部分媒體也認為 翻拍[28]《你的名字》 將
dànsheng duì cǐ bùfèn méitǐ yě rènwéi fānpāi Nǐ de míngzi jiāng

是 讓 這個好 故事 重 新 再現的好機會。
shì ràng zhè ge hǎo gùshì chóngxīn zàixiàn de hǎo jīhuì

不過，消息一出，大批 觀 眾[29] 抱持 相 反 意見。
búguò xiāoxí yì chū dàpī guānzhòng bàochí xiāngfǎn yijiàn

有日本 網 友 認為：「要拍《星際大戰》和《星際
yǒu Rìběn wǎngyǒu rènwéi yào pāi Xīngjì dàzhàn hé Xīngjì

迷航》的 導 演 來拍《你的名字》，這讓 我 聯 想 到主角
míháng de dǎoyǎn lái pāi Nǐ de míngzi zhèràng wǒ liánxiǎng dào zhǔjiǎo

出 現 在彗星[30]挖洞[31] 的 畫面。」、「 當 我看到《你的 名
chūxiàn zài huìxīng wādòng de huàmiàn dāng wǒ kàndào Nǐ de míng

字》的導演 是JJ時，我 唯一 能 想 到 的就只有 被 破壞的
zi de dǎoyǎn shì shí wǒ wéiyī néng xiǎngdào de jiù zhǐyǒu bèi pòhuài de

隕石[32]。」
yǔnshí

影迷[33] 們 除了擔憂 導演 的 風格 基調與《你的名字》不
yǐngmí men chúle dānyōu dǎoyǎn de fēnggé jīdiào yǔ Nǐ de míngzi bù

同 之外，還 擔心歷史 重 演[34]！因為 過去好萊塢 改編[35]
tóng zhīwài hái dānxīn lìshǐ chóngyǎn yīnwèi guòqù Hǎoláiwù gǎibiān

日系的作品，除了《明日邊界》等 少 量 作品 表 現 不錯
rìxì de zuòpǐn chúle Míngrìbiānjiè děng shǎoliàng zuòpǐn biǎoxiàn bú cuò

外，其餘的皆出現水土不服[36]的現象[37]。例如《攻殼機
wài qíyú de jiē chūxiàn shuǐtǔ bùfú de xiànxiàng lìrú Gōngké jī

動隊》、《死亡筆記》或更早的《七龍珠：全新
dòng duì Sǐwáng bǐjì huò gèng zǎo de Qīlóngzhū quán xīn

進化》，全都出現票房慘澹，口碑[38]不佳，結果不但
jìnhuà quán dōu chūxiàn piàofáng cǎndàn kǒubēi bù jiā jiéguǒ búdàn

不如預期，最後還引來不少爭議[39]。
bùrú yùqí zuìhòuhái yǐnlái bùshǎo zhēngyì

另外，原作中的亞裔主演往往被換成其他
lìngwài yuánzuò zhōng de yǎyì zhǔyǎn wǎngwǎng bèi huànchéng qítā

族裔[40]，結果情節[41]與風格[42]就這樣悄悄地被「美國化」
zúyì jiéguǒ qíngjié yǔ fēnggé jiù zhèyàng qiāoqiāo de bèi Měiguóhuà

了。
le

變成千篇一律[43]的「好萊塢片」後，原作品的
bìngchéng qiān piān yī lù de Hǎoláiwùpiàn hòu yuán zuòpǐn de

精髓[44]便完全被扼殺[45]了。
jīngsuí biàn wánquán bèi èshā le

不過真人版的《你的名字》電影好或不好，在
búguò zhēnrén bǎn de Nǐ de míngzi diànyǐng hǎo huò bù hǎo zài

成品還沒出來之前都是個未知數。究竟能否交出一
chéngpǐn háiméi chūlái zhīqián dōushì ge wèizhīshù jiùjìng néngfǒu jiāochū yí

份令大家滿意的成績，也只能靜待後續的發展了。
fèn lìng dàjiā mǎnyì de chéngjī yě zhǐnéng jìngdài hòuxù de fāzhǎn le

新聞來源

1. 新海誠《你的名字》超夯 好萊塢確定翻拍真人版（蘋果即時）
2. 「你的名字」翻拍真人版！由「星際大戰7」導演領軍！（華視新聞網）
3. 星際大戰導演翻拍真人版《你的名字》 粉絲憂心神作崩壞（風傳媒）

生詞 shēngcí Vocabulary

1.	籌備	chóubèi	to prepare; to arrange
2.	媒體	méitǐ	media
3.	真人版	zhēnrénbǎn	live action
4.	著手	zhuóshǒu	to undertake; to begin
5.	原創	yuánchuàng	original
6.	動漫	dòngmàn	animation
7.	講述	jiǎngshù	to narrate; to relate
8.	夢境	mèngjìng	dreamland
9.	上映	shàngyìng	to be playing in theaters
10.	轟動	hōngdòng	sensation

11.	票房	piàofáng	box office
12.	子公司	zǐgōngsī	subsidiary company
13.	拍攝	pāishè	to film
14.	版權	bǎnquán	copyright
15.	製作團隊	zhìzuò tuánduì	production team
16.	導演	dǎoyǎn	director
17.	編劇	biānjù	screenwriter
18.	製作人	zhìzuòrén	producer
19.	入圍	rùwéi	to be nominated
20.	劇本	jùběn	screenplay
21.	修改	xiūgǎi	to alter; to adapt
22.	撰寫	zhuànxiě	to write
23.	樂觀	lèguān	optimistic
24.	期待	qídài	to expect; to look forward to
25.	構思	gòusī	to conceive
26.	好萊塢	Hǎoláiwù	Hollywood
27.	想像力	xiǎngxiànglì	imagination
28.	翻拍	fānpāi	to remake
29.	觀眾	guānzhòng	audience
30.	彗星	huìxīng	comet

31.	挖洞	wādòng	to dig a hole
32.	隕石	yǔnshí	aerolite
33.	影迷	yǐngmí	fan of a film
34.	歷史重演	lìshǐ chóngyǎn	to repeat history
35.	改編	gǎibiān	to adapt
36.	水土不服	shuǐtǔ bùfú	not acclimated
37.	現象	xiànxiàng	phenomena
38.	口碑	kǒubēi	word of mouth
39.	爭議	zhēngyì	controversy
40.	族裔	zúyì	ethnicity
41.	情節	qíngjié	scenario
42.	風格	fēnggé	style
43.	千篇一律	qiānpiān yīlù	to follow the same pattern; to be in a rut
44.	精髓	jīngsuǐ	essence
45.	扼殺	èshā	to strangle; to smother

二、新聞放大鏡

1. 這則新聞發生在哪裡？

_____

_____

2. 這則新聞發生在什麼時候？

_____

_____

3. 從這則新聞可以知道，發生了什麼事？為什麼會發生這樣的事？請你
   說說看事情發生的經過。

_____

_____

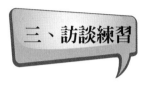

三、訪談練習

第一部分

請訪問你的同學，並寫下同學的回答。

1. 你喜歡什麼類型的電影？為什麼？

_____

_____

2. 你比較喜歡動漫類的電影？還是真人演出的電影？為什麼？

_____

_____

3. 什麼樣的電影，會讓你想走進電影院去看？

_____

_____

4. 你覺得一部好的電影應該要具備哪些要素？

　　_____

　　_____

5. 你覺得《你的名字》這部片改成真人版後，票房會賣得好嗎？為什麼？

　　_____

　　_____

第二部分

如果你有機會，能夠訪問一位你喜愛的導演，你會準備哪些問題？請寫出五個你想問他的問題。

1. _____

2. _____

3. _____

4. _____

5. _____

四、想一想

1. 你最喜歡的電影是哪一部？請說說他的故事內容，以及你最喜歡的部分。

_____

_____

2. 好萊塢的電影與其他電影產業拍攝的電影有什麼不同的地方？

_____

_____

3. 你認為日系作品改編好萊塢電影為什麼出現水土不服的狀況？

_____

_____

4. 你認為一部電影的好壞，最大的關鍵是什麼？

_____

_____

5. 真人電影與動畫電影，你認為拍攝技術上有什麼不同？你比較喜歡哪
   一種呢？

   _____

   _____

4 超商 借 還 書讓 閱讀 更加 便利
chāoshāng jiè huán shū ràng yuèdú gèngjiā biànlì

一、新聞稿

臺北市立圖書館近期與三大 超 商 業者 合推「 超 商
Táiběi shìlì túshūguǎn jìnqí yǔ sān dà chāoshāng yèzhě hétuī chāoshāng

借 還 書」服務，讀者只要 上 網 勾選[1] 想 借的書籍 並
jiè huán shū fúwù dúzhě zhǐyào shàngwǎng gōuxuǎn xiǎng jiè de shūjí bìng

支付50 元 運費[2]，就可以在自行指定[3]的 門市[4] 取書。
zhīfù yuányùnfèi jiù kěyǐ zàizìxíngzhǐdìng de ménshì qǔshū

這 項 合作的好處是， 超 商 門市 遍及 全 臺北市，
zhè xiàng hézuò de hǎochù shì chāoshāng ménshì piànjí quán Táiběishì

因此市民日後要借閱 書籍 將 更加 便利。臺北市立圖書館
yīncǐ shìmín rìhòu yàojièyuè shūjí jiānggèngjiā biànlì Táiběi shìlì túshūguǎn

希望 透過 便利性[5]來 提升 國民 的 閱讀量 。臺灣 的
xīwàng tòuguò biànlìxìng lái tíshēng guómín de yuèdú liàng Táiwān de

超 商 店員 擁有 「 萬 能[6]」的 形 象 ，不只會煮
chāoshāng diànyuán yǒngyǒu wànnéng de xíngxiàng bùzhǐ huì zhǔ

咖啡、會微波[7]加熱食物、會補貨[8]、會處理 繳費單[9]，現在 又
kāfēi huìwéibō jiārè shíwù huìbǔhuò huì chǔlǐ jiǎofèidān xiànzài yòu

多了一 項 新技能[10]──圖書館借 還 書 服務。
duō le yí xiàng xīnjìnéng túshūguǎn jiè huánshū fúwù

臺北市立圖書館在 去年 十月 中 與全家、7-ELEVEN、
Táiběi shìlì túshūguǎnzài qùnián shíyuè zhōng yǔ Quánjiā

萊爾富三大 超 商 聯名 合作，只要 民眾 擁有
Láiěrfù sān dà chāoshāng liánmíng hézuò zhǐyào mínzhòng yǒngyǒu

北市圖的借閱證[11]，並 向 北市圖繳納[12]服務押金[13]200 元，
Běishìtú de jièyuèzhèng　　 bìng xiàng Běishìtú jiǎonà　 fúwù yājīn　　　 yuán

即可在圖書館的館 藏 平臺 中 勾選 想要 借閱的書籍
jíkě　zài túshūguǎn de guǎncáng píngtái zhōng gōuxuǎn xiǎngyào jièyuè de shūjí

以及指定 取書的門市 。
yǐjí　zhǐdìng qǔshū de ménshì

　　　「超 商 借書」每一次最多可借五本 ， 另 需付50元的
　　　chāoshāng jièshū　měi yí cì zuìduō kě jiè wǔběn　　 lìng xū fù　yuán de

運費，若合計 上 還書 的費用 則總 共 是95 元 。以如此
yùnfèi　 ruò héjì shàng huánshū de fèiyòng zé zǒnggòng shì　yuán　 yǐ rúzǐ

小額的費用 ， 就可在任何時間 、 任何地點 借閱北市圖的
xiǎoé de fèiyòng　 jiù kě zài rènhé shíjiān　 rènhé dìdiǎn jièyuè běishìtú de

718萬冊圖書，對於那些 交通 或者 時間 不便 的 民 眾
wàn cè túshū　 duìyú nà xiē jiāotōng huòzhě shíjiān bú biàn de mínzhòng

來說 ，可謂 便利性十足， 相 當 划算 。
láishuō　 kě wèi biànlì xìng shízú　 xiāngdāng huásuàn

　　　要 還 書時，讀者需要自行 包 裝[14] 所要 歸還的書籍，
　　　yào huán shūshí　 dúzhě xū ào zìxíng bāozhuāng suǒyào guīhuán de shūjí

而且包裹大小 要符合規定 尺寸： 長 ＋寬＋高≤105公 分 、
érqiě bāoguǒdàxiǎo yào fúhé guīdìng zhǐcùn　 cháng kuān gāo　　　 gōngfēn

單 邊 長 ≤45公 分，且 總 重 量 要≤5公斤。若嫌麻煩，
dānbiān cháng　　 gōngfēn　 qiě zǒngzhòngliàng yào　 gōngjīn ruòxiánmáfán

也可以在 超 商 購買便利袋或是 便利箱 來 包 裝 。
yě kěyǐ zài chāoshāng gòumǎi biànlìdài huòshì biànlìxiāng lái bāozhuāng

包　裝　完畢　後，再到鄰近的萊爾富或 全家 便利 商 店，
bāozhuāng wánbì hòu　zài dào línjìn de Láiěrfù huòQuánjiā biànlì shāngdiàn

使 用 萊爾富的Life-ET機臺或 全 家 的FamiPort機臺列印出
shǐyòng　Láiěrfù de　　jītái huò Quánjiā de　　jītái lièyìn chū

單據，最後再到櫃臺繳交45 元 即可 完 成 還書的 程
dānjù　zuìhòu zài dào guìtái jiǎojiāo　yuán jíkě wánchéng huánshū de chéng

序。 至於 還 書 的時間，圖書館 會以 超 商 門市 的收件
xù　zhìyú huánshū de shíjiān　túshūguǎn huì yǐ chāoshāng ménshì de shōujiàn

時間爲 依據，因此讀者不需要擔心因爲 物流延遲 所帶來的
shíjiānwéi yījù　yīncǐ dúzhě bù xūyào dānxīn yīnwèi wùliú yánchí suǒ dàilái de

影　響　或 困擾。 另外，200 元 押金會在讀者 選擇 終 止[15]
yǐngxiǎng huò kùnrǎo　lìngwài　yuán yājīn huìzài dúzhě xuǎnzé zhōngzhǐ

超　商 借還 書服務時 退還。
chāoshāng jiè huán shū fúshì shí tuìhuán

　　　這 樣 的借還 書 流 程 既快捷[16]又簡易，對於許多 經 常
zhèyàng de jiè huán shū liúchéng jì kuàijié yòujiǎnyì　duìyú xǔduō jīngcháng

在網路下單 購物、 使 用 超 商 取貨、 付款 的 民 眾
zài wǎnglù xiàdān gòuwù　shǐyòng chāoshāng qǔhuò　fùkuǎn de mínzhòng

來說都 相 當 熟悉。
láishuō dōu xiāngdāng shóuxī

　　　全 家 便利 商 店 表示， 光 是去年 就有 超 過6000
Quánjiā biànlì shāngdiàn biǎoshì　guāng shìqùnián jiùyǒu chāoguò

冊的圖書透過 全 家 歸還，且 超 商 借書服務 更 是 逐日
cè de túshū tòuguò quánjiā guīhuán　qiě chāoshāng jièshū fúwù gèngshì rú rì

攀升，顯示民眾對於新服務的熟識度[17]漸增。臺北市
pānshēng xiǎnshì mínzhòng duìyú xīn fúwù de shóushìdù jiànzēng Táiběishì

教育局副局長表示，超商借書提供了讀者更友善[18]、
jiàoyùjú fù júzhǎng biǎoshì chāoshāng jièshū tígōng le dúzhě gēng yǒushàn

更便利的服務，進而實現「帶書去旅行」的夢想。
gēng biànlì de fúwù jìnér shíxiàn dài shū qù lǚxíng de mèngxiǎng

儘管此項服務實行至今爭議[19]不斷，其中包含了：借還
jǐnguǎn cǐ xiàng fúwù shíxíng zhìjīn zhēngyì búduàn qízhōng bāohán le jiè huán

書流程的疏漏[20]、超商員工與圖書館員的工作量
shū liúchéng de shūlòu chāoshāng yuángōng yǔ túshū guǎnyuán de gōngzuòliàng

大增，以及借閱書籍的難度降低後，出版業被圖書館搶走
dà zēng yǐjí jièyuè shūjí de nándù jiàngdīhòu chūbǎnyè bèi túshūguǎn qiǎngzǒu

「飯碗」等等問題。儘管如此，肯定的聲音還是大於
fànwǎn děngděng wèntí jǐnguǎn rúcǐ kěndìng de shēngyīn háishì dà yú

疑惑[21]的爭議聲的。因為超商借還書服務打破了
yíhuò de zhēngyì shēng de yīnwèi chāoshāng jiè huán shū fúwù dǎpò le

交通的藩籬[22]，讓書籍與知識可以在城鄉之間流通。
jiāotōng de fánlí ràng shūjí yǔ zhīshì kěyǐ zài chéngxiāng zhījiān liútōng

一旦國民閱讀的習慣養成之後，將可能進一步地
yídàn guómín yuèdú de xíguàn yǎngchéng zhīhòu jiāng kěnéng jìn yí bù de

瀏覽[23]網路書店、訂閱[24]電子書[25]甚至走進書店購書。
liúlǎn wǎnglù shūdiàn dìngyuè diànzǐshū shènzhì zǒujìn shūdiàn gòushū

就此而言，推廣[26]閱讀無形之中[27]也是在幫助產
jiù cǐ ér yán tuīguǎng yuèdú wúxíng zhīzhōng yě shì zài bāngzhù chǎn

業的發展，這 何嘗 不是 圖書館 與出版業 共 生 共 榮[28] 的
yè de fāzhǎn　zhè hécháng bú shì túshūguǎn yǔ chūbǎnyè gòngshēng gòngróng de

方 式呢？
fāngshì ne

新聞來源
1. 三大超商即起可借還書！北市圖書館新服務上線（聯合影音）
2. 3大超商就是圖書館　一次借5本費用50元（卡優新聞網）
3. 超商借書服務 2個月近千冊（中時電子報）
4. 北基跨市閱讀　超商也能還書（聯合新聞網）
5. 你家隔壁就是圖書館！北市逾700萬藏書開放三大超商借還書（關鍵評論）

生詞
shēngcí
Vocabulary

1.	勾選	gōuxuǎn	to check
2.	運費	yùnfèi	shipping fee
3.	指定	zhǐdìng	to assign
4.	門市	ménshì	store

5.	便利性	biànlìxìng	convenience
6.	萬能	wànnéng	omnipotent
7.	微波	wèibō	to microwave
8.	補貨	bǔhuò	to replenish the stock
9.	繳費單	jiǎofèidān	bill
10.	技能	jìnéng	skill
11.	借閱證	jièyuèzhèng	library card
12.	繳納	jiǎonà	to pay
13.	押金	yājīn	deposit
14.	包裝	bāozhuāng	to wrap
15.	終止	zhōngzhǐ	to terminate
16.	快捷	kuàijié	fast
17.	熟識度	shóushìdù	familiarity
18.	友善	yǒushàn	friendly
19.	爭議	zhēngyì	controversy
20.	疏漏	shūlòu	omission
21.	疑惑	yíhuò	confused
22.	藩籬	fánlí	fence; barrier
23.	瀏覽	liúlǎn	to browse
24.	訂閱	dìngyuè	to subscribe

25.	電子書	diànzǐshū	e-book
26.	推廣	tuīguǎng	to promote
27.	無形之中	wúxíng zhīzhōng	invisibly
28.	共生共榮	gòngshēng gòngróng	coexistence and mutual prosperity

二、訪談練習

第一部分

請訪問你的同學，並寫下同學的回答。

1. 請問，在你的國家有二十四小時的便利超商嗎？

_____

_____

2. 你最希望超商能提供什麼樣的服務？

_____

_____

3. 你知道超商能提供借書還書的服務後，會更加想要閱讀嗎？為什麼？

_____

_____

4. 你偏好買書還是借書？為什麼？

_____

_____

5. 你覺得閱讀對人們的生活來說，是件重要的事嗎？

_____

_____

第二部分

如果你有機會，能訪問一位臺灣的超商店員關於此事，你會準備哪些問題？請寫出五個你想問他的問題。

1. _____

2. _____

3. _____

4. _____

5. _____

三、想一想

1. 請問「超商借還書」這項服務是否會吸引你呢？

_____

_____

2. 請問你覺得「超商借還書」這項服務是否會因其便利性提升民眾的閱讀量呢？

_____

_____

3. 請問，在你的國家，人們都是如何借還書的呢？閱讀的風氣是否興盛呢？

_____

_____

4. 請問，你覺得除了方便大家借還書外，還有什麼方法能夠讓大家多閱讀呢？請說明你的想法。

_____

_____

5. 請問你有閱讀的習慣嗎？你都是閱讀哪一方面的書籍呢？

_____

_____

5 氣溫驟升¹ 全臺 嚴防² 午後雷陣雨³

qìwēn zòu shēng quán tái yánfáng wǔhòu léizhènyǔ

一、新聞稿

中　央　氣象局[4] 於今早發布了近幾日的氣象資訊，這幾
Zhōngyāng qìxiàngjú　yú jīnzǎo fābù le jìn jǐ rì de qìxiàng zīxùn　zhè jǐ

天的天氣約可分成　上　半　天和下半天來看。
tiān de tiānqì yuē kě fēnchéng shàng bàn tiān hé xià bàntiān lái kàn

上　半　天依舊是晴朗[5] 穩定[6] 的天氣，尤其今天南風
shàng bàn tiān yījiù shìqínglǎng wěndìng de tiānqì　yóuqí jīntiānnánfēng

勢力明顯增強，天氣會較以往悶熱[7]，中午前需留意
shìlì míngxiǎnzēngqiáng　tiānqì huì jiào yǐwǎng mēnrè　zhōngwǔ qián xū liúyì

高溫。
gāowēn

午後開始，雲系[8] 發展旺盛，尤其在嘉義以南、南投
wǔhòu kāishǐ　yúnxì fāzhǎn wàngshèng　yóuqí zài Jiāyì yǐ nán　Nántóu

地區及山區會有局部短暫雷陣雨[9]，整體而言，天氣
dìqù jí shānqū huì yǒu júbù duǎnzhàn léizhènyǔ　zhěngtǐ ér yán　tiānqì

還是相當悶熱，外出記得防曬[10]，並多補充水分。
háishì xiāngdāng mēnrè　wàichū jìde fángshài　bìng duō bǔchōng shuǐfèn

明天開始，由於有鋒面[11] 通過，因此從明天上
míngtiān kāishǐ　yóuyú yǒu fēngmiàn tōngguò　yīncǐ cóngmíngtiān

午開始一直到週六，天氣都不太穩定，　從北到南
wǔ kāishǐ yìzhí dào zhōuliù　tiānqì dōu bú tài wěndìng　cóng běi dào nán

都會有雨勢[12] 發生。然而由於這波鋒面沒有冷空
dōu huì yǒu yǔshì fāshēng　ránér yóuyú zhè pō fēngmiàn méiyǒu lěng kōng

氣[13]，溫度 將 不會 有太大的改變。 臺灣 夏天 由於日照[14]
qì　　wēndù jiāng bú huì　yǒu tài　dà dà gǎibiàn　 Táiwān xiàtiān　yóuyú rìzhào

強 ，水氣[15] 蒸 發[16] 旺 盛 ，因此， 午後驟雨[17]的 現 象 在
qiáng　 shuǐqì zhēngfā wàngshèng　yīncǐ　 wǔhòu zòuyǔ　de xiànxiàng zài

夏季 相 當 頻繁[18]，這 正 是 俗稱[19]的雷陣雨 或 西北雨。
xiàjì xiāngdāng pínfán　 zhè zhèng shì súchēng　de léizhènyǔ huò xīběiyǔ

午後 雷陣雨的 特 徵 是：雨時 短 、雨區小、 強 度大，且
wǔhòu　léizhènyǔ de tèzhēng shì　yǔshí duǎn　 yǔqū xiǎo　 qiángdù dà　 qiě

多 發 生 於午後 時分。
duō fā shēng yú wǔhòu shífēn

　　就 中 央 氣象局表示， 等 週六 鋒 面 過 後，溫度
jiù Zhōngyāng qìxiàngjú biǎoshì　 děng zhōuliù fēngmiàn guò hòu　 wēndù

便 會 逐漸 上 升 ，尤其在夜間會熱得更加 明 顯 ，大致
biàn huì zhújiàn shàngshēng　 yóuqí zài yèjiān huì rè de gèngjiā míngxiǎn　 dàzhì

上 未來 這1、2周 都 是類似的夏季天氣型態。
shàng wèilái zhè　　 zhōu dōu shì lèisì de xiàjì tiānqì xíngtài

　　星期天 開始， 太 平 洋[20]的高壓[21]勢力會逐漸 往 西半部
xīngqítiān kāishǐ　 Tàipíngyáng　 de gāoyā　 shìlì huìzhújiàn wǎng xībànbù

增 強 [22]，天氣將 呈 現 穩 定的 狀 態 ，臺灣大部分的
zēngqiáng　　 tiānqì jiāng chéngxiàn wěndìng de zhuàngtài　 Táiwān dàbùfèn de

地區都 將 維持 多 雲 到 晴 的 好天氣。白天 各地的氣溫
dìqū dōu jiāng wéichí duō yún dào qíng de hǎo tiānqì　 báitiān gè dì de qìwēn

預測[23]都有 攝氏[24]32度 以 上 ，西半部地區還會 出 現 34至36度
yùcè dōuyǒu shèshì　　 dù yǐshàng　 xī bàn bù dìqū háihuì chūxiàn　 zhì　 dù

的高溫。
de gāowēn

中午 前後，紫外線 指數[25]偏高，易達 過 量 [26]甚至 危
zhōngwǔ qiánhòu　 zǐwàixiàn zhǐshù gāogāo　yì dá guòliàng　shènzhì wéi

險 等級，提醒 民 眾 多加留意，注意防 曬 措施，以 防
xiǎn děngjí　tíxǐng mínzhòng duōjiā liúyì　zhùyì fángshài cuòshī　yǐ fáng

中 暑 [27]。但新竹 以北、東北部、 東部 ， 山區及近山區的
zhòngshǔ　dànxīnzhú yǐ běi　dōngběibù　dōngbù　shānqū jí jìn shānqū de

平地， 仍 有可能 發生局部午後 雷陣雨，提醒 民 眾 留意
píngdì　réng yǒukěnéng fāshēng júbù wǔhòu léizhènyǔ　tíxǐng mínzhòng liúyì

午後 的天氣變化， 並 請 隨身 攜帶雨具[28]，以免淋 成
wǔhòu de tiānqì biànhuà　bìng qǐng suíshēn xīdài yǔjù　yǐmiàn lín chéng

落湯雞[29]。此外，由於午後 雷陣雨雨勢 通 常 較大，因此若
luòtāngjī　cǐwài　yóuyúwǔhòu léizhènyǔ yǔshì tōngcháng jiàodà　yīncǐ ruò

前 往 山區 活動，務必要 小心留意。
qiánwǎng shānqū huódòng　wùbì yào xiǎoxīn liúyì

新聞來源

1. 高溫午後大雷雨！相似天氣將持續10天以上（新頭殼）
2. 上半天多元到晴　午後陣雨機率升高（中廣新聞網）
3. 太平洋高壓增強　週一天氣回穩紫外線過量（自由時報）
4. 晴朗炎熱　午後山區局部短暫雷陣雨（中央社）

生詞 shēngcí Vocabulary

1.	驟升	zòushēng	to surge
2.	嚴防	yánfáng	to strictly guard against
3.	午後雷陣雨	wǔhòu léizhènyǔ	afternoon thunderstorm
4.	中央氣象局	Zhōngyāng qìxiàngjú	Central Weather Bureau
5.	晴朗	qínglǎng	sunny; cloudless
6.	穩定	wěndìng	stable
7.	悶熱	mēnrè	muggy; stifling
8.	雲系	yúnxì	cloud system
9.	局部短暫雷陣雨	júbù duǎnzhàn léizhènyǔ	occasional local thundershower
10.	防曬	fángshài	sun protection
11.	鋒面	fēngmiàn	front
12.	雨勢	yǔshì	rain intensity
13.	冷空氣	lěngkōngqì	cold air
14.	日照	rìzhào	sunshine
15.	水氣	shuǐqì	vapor
16.	蒸發	zhēngfā	to evaporate

17.	驟雨	zòuyǔ	heavy rain
18.	頻繁	pínfán	frequent
19.	俗稱	súchēng	commonly known as
20.	太平洋	Tàipíngyáng	Pacific Ocean
21.	高壓	gāoyā	high pressure
22.	增強	zēngqiáng	to strengthen
23.	預測	yùcè	to predict
24.	攝氏	shèshì	Celsius
25.	紫外線指數	zǐwàixiàn zhǐshù	ultra-violet index
26.	過量	guòliàng	excessive
27.	中暑	zhòngshǔ	heat stroke
28.	雨具	yǔjù	rain gear
29.	落湯雞	luòtāngjī	a drowned rat

二、訪談練習

第一部分

請訪問你的同學，並寫下同學的回答。

1. 你喜歡你的國家的氣候嗎？為什麼？

_____

_____

2. 在你的國家，有沒有常見的天災？請舉實例說明。

_____

_____

3. 你比較喜歡冬天還是夏天？為什麼？

_____

_____

4. 下雨時，會影響你的心情嗎？

_____

_____

5. 你對於延緩地球暖化一事，有沒有什麼建議？

_____

_____

第二部分

如果你有機會，能夠訪問一位在氣象局工作的員工，你會準備哪些問題？請寫出五個你想問他的問題。

1. _____

2. _____

3. _____

4. _____

5. _____

三、想一想

1. 除了夏季午後雷陣雨之外，請說說你所感受到的臺灣天氣。

_____

_____

2. 你的國家也有地區性的氣候嗎？請說明與分享。

_____

_____

3. 請舉一個沒有四季的國家，並說明他們的天氣型態。

_____

_____

4. 請問，什麼是高氣壓？什麼是低氣壓？

_____

_____

5. 請問，你最喜歡什麼季節的天氣？為什麼？

_____

_____

一、新聞稿

「補習及進修教育法第九條 修 正 草案」在17日通 過
bǔxí jí jìnxiū jiàoyù fǎ dì jiǔ tiáo xiūzhèng cǎoàn zài rì tōngguò

初 審 ，除了規 定 短期 補習班[2] 應 該 揭露[3]負責人[4]及教職
chūshěn chúle guīdìng duǎnqí bǔxíbān yīnggāi jiēlòu fùzérén jí jiāozhí

員 工 的真實 姓 名，並 應 當 解聘[5]有性騷擾[6]、 性
yuángōng de zhēnshí xìngmíng bìng yīngdāng jiěpìn yǒu xìngsāorǎo xìng

侵害[7] 等案件在 身 的教職員[8] 之外， 中 央 機關[9]也 將
qīnhài děng ànjiàn zài shēn de jiāozhíyuán zhīwài zhōngyāng jīguān yě jiāng

建置[10] 相 關 資料庫[11]以供 日後 方 便 查詢。
jiànzhì xiāngguān zīliàokù yǐ gōng rìhòu fāngbiàn cháxún

此外，外籍人士首次 申 請 補教 聘僱[12]許可時，也必須
cǐwài wàijí rénshì shǒucì shēnqǐng bǔjiào pìngù xǔkě shí yě bìxū

提供護照國的「行為良好」 證 明 文件。
tígōnghùzhàoguó de xíngwéiliánghǎo zhèngmíng wénjiàn

教育部 終 身 教育司[13]司長 聲 明 ，未來 三讀 完 成
Jiàoyùbù Zhōngshēn jiàoyù sī sīzhǎng shēngmíng wèilái sān dú wánchéng

立法後， 全 臺灣18,416家補習班 都必須遵 守 該 項 規範。
lìfǎ hòu quán Táiwān jiā bǔxíbān dōu bìxū zūnshǒu gāi xiàng guīfàn

政 府 之所以會開始 重 視 補教業實名制[14]的議題，起因
zhèngfǔ zhīsuǒyǐ huì kāishǐ zhòngshì bǔjiàoyè shímíngzhì de yìtí qǐyīn

於林姓 女作家 因與補教 名師 有 情感 上 的糾葛而上 吊
yú Línxìng nǚ zuòjiā yīn yǔ bǔjiào míngshī yǒu qínggǎn shàng de jiūgě ér shàngdiào

自殺一事。女作家 生 前 創 作 的 小 說， 正 是 描述 女
zìshā yí shì　nǚ zuòjiā shēngqián chuàngzuò de xiǎoshuō　zhèng shì miáoshù nǚ

主 角 遭 受補習班老師 誘騙[15] 並 性 侵 的 故事；而在女作家
zhǎojiǎozāoshòu bǔxíbān lǎoshī yòupiàn　bìng xìngqīn de gùshì　ér zài nǚ zuòjiā

上 吊 身 亡 後，女作家的父母便 透過 出版社 發出
shàngdiào shēnwáng hòu　nǚ zuòjiā de fùmǔ biàn tòuguò chūbǎnshè fāchū

聲 明，指書 中 的女主角 正 是 影射[16]女兒在補習班
shēngmíng　zhǐ shū zhōng de nǚzhǔjiǎo zhèng shì yǐngshè nǚér zài bǔxíbān

的親身 遭遇。由於女作家 長 得 漂 亮 又優秀，父親又 是
de qīnshēn zāoyù　yóuyú nǚ zuòjiā zhǎng de piàoliàng yòuyōuxiù　fùqīn yòu shì

名醫，所以事件一出，即引發社會一片 譁然[17]。
míngyī　suǒyǐ shìjiàn yì chū　jí yǐnfā shèhuì yí piàn huárán

由於臺灣 大多數 的補教老師 都 會為自己取藝名[18]，因
yóuyú Táiwān dàduōshù de bǔjiào lǎoshī dōu huìwèi zìjǐ qǔ yìmíng　yīn

此根本無法查到 補教老師的 眞實 身分 或經歷，而以藝名
cǐ gēnběn wúfǎ chádào bǔjiào lǎoshī de zhēnshí shēnfèn huò jīnglì　ér yǐ yìmíng

授課， 更 有 逃稅、匿名 違法 等 嫌疑。
shòukè　gèng yǒu táoshuì　nìmíng wéifǎ děng xiányí

為了解除大家對補教老師的 種 種 隱憂，讓 家 長 在
wèile jiěchú dàjiā duì bǔjiào lǎoshī de zhǒngzhǒng yǐnyōu　ràng jiāzhǎng zài

送 孩子到補習班提高競 爭力的同時， 能 免去 將 孩子
sòng háizi dào bǔxíbān tígāo jìngzhēnglì de tóngshí　néng miǎnqù jiāng háizi

「送入狼窟」的疑慮， 政 府即全力 朝 擬定補教業 實名制
sòngrù lángkū　de yílǜ　zhèngfǔ jí quánlì cháo nǐdìng bǔjiàoyè shímíngzhì

的方向前進，以免憾事再度發生。
de fāngxiàng qiánjìn　　yǐmiǎn hànshì zàidù fāshēng

教育部終身教育司司長於草案[19]通過後表示，在
Jiàoyùbù zhōngshēn jiàoyù sī sīzhǎng yú cǎoàn　tōngguò hòu biǎoshì　zài

擬定「補習及進修教育法第九條修正草案」時，確實得到
nǐdìng　　bǔxí jí jìnxiū jiàoyù fǎ dì jiǔ tiáo xiūzhèng cǎoàn　shí　quèshí dédào

了朝野[20]高度的共識。該草案明文規定，除了立案
le cháoyě　gāodù de gòngshì　gāi cǎoàn míngwén guīdìng　chúle liàn

名稱[21]外，短期補習班之招生、廣告與宣傳等，
míngchēng wài　duǎnqí bǔxíbān zhī zhāoshēng　guǎnggào yǔ xuānchuán děng

一旦涉及負責人、教職員工，一律揭露其真實姓名，
yídàn shèjí fùzérén　jiàozhí yuángōng　yílǜ jiēlòu qí zhēnshí xìngmíng

補教業相關人員在執行各項業務時，也應揭露真實
bǔjiàoyè xiāngguān rényuán zài zhíxíng gè xiàng fúwù shí　yě yīng jiēlòu zhēnshí

姓名，否則將可處以5萬到25萬元罰鍰[22]，甚至是勒令[23]
xìngmíng　fǒuzé jiāng kě chǔyǐ wàn dào wàn yuán fáhuán　shènzhì shì lèlìng

停止招生、廢止立案的罰則。
tíngzhǐ zhāoshēng　fèizhǐ liàn de fázé

除此之外，補習班在申請立案與人事更動時，都
chú cǐ zhīwài　bǔxíbān zài shēnqǐng　liàn yǔ rénshì gēngdòng shí　dōu

必須將教職員工名冊及「良民證」[24]等文件陳報
bìxū jiāngjiàozhí yuángōng míngcè jí　Liángmínzhèng　děng wénjiàn chénbào

地方教育行政機關進行核准。若聘僱的教職員工是
dìfāng jiàoyù xíngzhèng jīguān jìnxíng hézhǔn　ruò pìngù de jiàozhí yuángōng shì

外籍人士的話，在首次 申 請 聘僱許可時，也應 附上 該位
wàijí rénshì de huà　　zài shǒucì shēnqǐng pìngù xǔkě shí　　yě yīng fùshàng gāiwèi

外籍教職員 的 母國[25]開立之「 良 民 證 」，否則無法被
wàijí jiāozhíyuán de mǔguó kāilì zhī Liángmínzhèng　　fǒuzé wúfǎ bèi

臺 灣 補習班聘任。
Táiwān bǔxíbān pìnrèn

　　若 發覺有不適任[26] 人員 進入補習班任職， 現 修 正 之
　　ruò　fājué yǒu bú shìrèn　rényuán jìnrù bǔxíbān rènzhí　　xiàn xiūzhèng zhī

條 文[27]也明定，得 向 地方 政府 教育 行 政 主管 機關
tiáowén　yě míngdìng　děi xiàng dìfāng zhèngfǔ jiàoyù xíngzhèng zhǔguǎn jīguān

及有關 機關通報[28]，由地方 政府 教育 行 政 主管 機關
jí yǒuguān jīguāntōngbào　yóu dìfāng zhèngfǔ jiàoyù xíngzhèng zhǔguǎn jīguān

受理並 進行 調查[29]、處置[30]，教育部 將 會同 相 關 部會
shòulǐbìng jìnxíng diàochá　chǔzhì　Jiàoyùbù jiāng huì tóng xiāngguān bùhuì

及地方 政府 進行 商 討[31]， 並 建置 全 國 資料庫，以防不
jí dìfāng zhèngfǔ jìnxíng shāngtǎo　bìng jiànzhì quánguó zīliàokù　yǐfáng bú

適任 之補教業 人員 再犯。
shìrèn zhī bǔjiàoyè rényuán zài fàn

　　在過去，教育部對於不適任補教 業者與 相 關 人員
　　zài guòqù　Jiàoyùbù duìyú bú shìrèn bǔjiào yèzhě yǔ xiāngguān rényuán

都 訂立準則[32]，但 沒 有 罰則[33]，也難以落實。而這一回的
dōu dìnglì zhǔnzé　dàn méiyǒu zéfá　yě nányǐ luòshí　ér zhè yì huí de

《補習及進修教育法》修法雖 說 是 亡 羊 補牢[34] 之舉，
Bǔxí jí jìnxiū jiàoyù fǎ　xiūfǎ suīshuō shì wángyáng bǔláo　zhī jǔ

但日後若能 有效 管控³⁵ 補教 從業人員，不只 能
dàn rìhòu ruò néng yǒuxiào guǎnkòng bǔjiào cóngyè rényuán bùzhǐ néng

提升法制效力， 更 能提供 學 生 更 好 更安全 的補教
tíshēng fǎzhì xiàolì gèng néngtígōng xuéshēng gèng hǎo gèngānquán de bǔjiào

環 境 。
huánjìng

新聞來源

1. 補習班教職員　需採實名制（中時電子報）
2. 第一槍！北市補習班實名制今起上路（自由時報）
3. 北市首推補習班實名制，即日起教師不再「隱姓埋名」（關鍵評論）
4. 補教師學經歷全都露 教部：未違個資法，歡迎檢舉（聯合新聞網）

生詞 shēngcí Vocabulary

1.	初審	chūshěn	preliminary review
2.	短期補習班	duǎnqí bǔxíbān	short-term cram school
3.	揭露	jiēlòu	to disclose

4.	負責人	fùzérén	the person responsible
5.	解聘	jiěpìn	to dismiss
6.	性騷擾	xìngsāorǎo	sexual harassment
7.	性侵害	xìngqīnhài	sexual assault
8.	教職員	jiāozhíyuán	faculty member
9.	中央機關	zhōngyāng jīguān	central authority
10.	建置	jiànzhì	to install; to build
11.	資料庫	zīliàokù	database
12.	聘僱	pìngù	to hire
13.	終身教育司	Zhōnshēng jiàoyùsī	Department of Lifelong Education
14.	實名制	shímíngzhì	real-name registration system
15.	誘騙	yòupiàn	to inveigle
16.	影射	yǐngshè	to innuendo; to allude to
17.	譁然	huárán	uproar
18.	藝名	yìmíng	stage name
19.	草案	cǎoàn	draft
20.	朝野	cháoyě	the government and the public
21.	立案名稱	liàn míngchēng	registration name
22.	罰鍰	fáhuán	fine
23.	勒令	lèlìng	to compel

24.	良民證（警察刑事紀錄證明書）	Liángmín zhèng（jǐngchá xíngshì jìlù zhèngmíngshū）	Police Criminal Record Certificate
25.	母國	mǔguó	home country
26.	不適任	bú shìrèn	ineligible
27.	條文	tiáowén	article
28.	通報	tōngbào	to notify
29.	調查	diàochá	to investigate
30.	處置	chǔzhì	to dispose of
31.	商討	shāngtǎo	to discuss
32.	準則	zhǔnzé	norm; principle
33.	罰則	fázé	penalty
34.	亡羊補牢	wángyáng bǔláo	to amend something after something bad has happened
35.	管控	guǎnkòng	to manage; to control

第一部分

請訪問你的同學，並寫下同學的回答。

1. 請問，在你的國家，補習班多嗎？以哪一類的補習班最多？

_____

_____

2. 如果你是家長，你會送自己的孩子去補習班嗎？為什麼？

_____

_____

3. 你覺得，補教老師實名制有助於提升補習班的安全嗎？

_____

_____

4. 你覺得上補習班和請家教，哪一個比較有助於學習呢？

_____

_____

5. 你覺得還有什麼方法，可以讓需要送孩子去上補習班的家長更加安心呢？

_____

_____

第二部分

如果你有機會，能訪問一位補習班老師對於實名制的看法，你會準備哪些問題？請寫出五個你想問他的問題。

1. _____

2. _____

3. _____

4. _____

5. _____

三、想一想

1. 請問在你的國家，學生下了課會去補習嗎？如果會，那他們都是補些
   什麼呢？

   _____

   _____

2. 請問你曾經上過補習班嗎？你覺得在補習班學習，和在一般正規學校
   的學習有什麼不同呢？

   _____

   _____

3. 你覺得讓補習班的老師以真名授課，能讓上補習班的學生更加安全
   嗎？請說明理由。

   _____

   _____

4. 請問，你覺得老師什麼樣的行為會讓學生感到不舒服呢？

_____

_____

5. 請問，如果你遇到他人對你有類似性騷擾的行為時，你會怎麼保護自己？

_____

_____

7 文白之爭──高中國文教育
wén bái zhī zhēng gāozhōng guówén jiàoyù
何去何從?
hé qù hé cóng

臺灣 高中 國文 文言文[2] 和白話文[3] 的比例[4] 爭議 已
Táiwān gāozhōng guówén wényánwén hé báihuàwén de bǐlì zhēngyì yǐ

久，一直未 能 有個定論[5]。 原本 已決議[6]維持[7]原來 的
jiǔ yìzhí wèi néng yǒu ge dìnglùn yuánběn yǐ juéyì wéichí yuánlái de

文言文 比例，即落在45%至55%之間；然而昨天（23日），
wényánwén bǐ lì jí luòzài zhì zhījiān ránér zuótiān rì

教育部[8] 課綱[9] 審議[10] 委員會又 重新 投票[11]，先 是同意否
Jiàoyùbù kègāng shěnyì wěiyuánhuì yòu chóngxīn tóupiào xiān shìtóngyìfǒu

決[12]之前的決定，然後 又 投票 表決文言文 的占比，最後
jué zhīqián de juédìng ránhòu yòu tóupiào biǎojuéwényánwén de zhànbǐ zuìhòu

確定 文言文的占比 調降[13]到35%至45%。
quèdìng wényánwén de zhànbǐ tiáojiàng dào zhì

民國初年，胡適 和 陳獨秀 開始 主張[14]「我 手 寫
mínguó chūnián Húshì hé Chén dúxiù kāishǐ zhǔzhāng wǒ shǒu xiě

我 口」，以為文學[15] 當 以近於口語[16]的白話文 來 創 作，
wǒ kǒu yǐwèi wénxué dāng yǐ jìn yú kǒuyǔ de báihuàwén lái chuàngzuò

而非一味[17]地用 文言文來書寫。 從 彼時[18]起，白話文 就日
ér fēi yíwèi de yòng wényánwén lái shūxiě cóng bǐ shí qǐ báihuàwén jiù rì

漸抬頭，胡適 不但口頭 提倡[19]，還以身 作 則[20]，親自帶頭
jiàn tái tóu Húshì búdàn kǒutóu tíchàng hái yǐ shēn zuò zé qīnzì dàitóu

創 作 ，因此，以白話文 書寫 的文學 作品 也就日益
chuàngzuò yīncǐ yǐ báihuàwén shūxiě de wénxué zuòpǐn yě jiù rì yì

增 多。
zēng duō

白話文 確實 較為 貼近 民 眾 的 生 活 用語， 讓人
báihuàwén quèshí jiàowéi tiējìn mínzhòng de shēnghuó yòngyǔ ràngrén

感覺較為 親切。然而，值得令 人思索[21]的是，那些在 日常
gǎnjuéjiàowéi qīnqiè ránér zhídé lìng rén sīsuǒ de shì nà xiē zài rìcháng

生 活 中 用 不 到的文言文，是否 就應該 被漠視[22]，甚
shēnghuó zhōng yòng bú dào de wényánwén shìfǒu jiù yīnggāi bèi mòshì shèn

至 被丟棄[23]呢？
zhì bèi diūqì ne

九月十日， 當 課審會 在討論 文白比例時，由於 委員[24]
jiǔ yuèshí rì dāng kèshěnhuì zàitǎolùn wénbái bǐlì shí yóuyú wěiyuán

們 的立場 迥異[25]，一時間 沒辦法 達成 共識[26]，於是 便提
men de lìchǎng jiǒngyì yī shíjiān méibànfǎ dáchéng gòngshì yúshì biàn tí

出了四個修 正 動議[27]， 想 從 這四個提案[28] 中 ， 選 出
chū le sì ge xiūzhèng dòngyì xiǎng cóng zhè sì ge tían zhōng xuǎnchū

一個較 為 眾 人 支持的立場。
yí ge jiào wéi zhòngrén zhīchí de lìchǎng

四個提案如下：
sì ge tí àn rú xià

一、 全 刪 文言文。（即不限定 文言文 和白話文
yī quán shān wényánwén jí bú xiàndìng wényánwén hé báihuàwén

的比例）
de bǐlì

72

二、 文言文 占比 降 至40%至50%。
èr　　wényánwén zhànbǐ jiàng zhì　　zhì

三、 文言文 占比 降 至30%至40%。
sān　　wényánwén zhànbǐ jiàng zhì　　zhì

四、 文言文 占比 降 至30%以下。
sì　　wényánwén zhànbǐ jiàng zhì　　yǐxià

經 三小時 激烈[29]的討論， 委員 們 分別[30] 針對 此四個提案
jīng sānxiǎoshí jīliè de tǎolùn wěiyuán men fēnbié zhēnduì cǐ sì ge tíàn

來 投票，結果 沒有一個提案達半數 門檻[31]。
lái tóupiào jiéguǒ méiyǒu yí ge tíàn dá bànshù ménkǎn

因此，四個提案均未 成立 ，當時，教育部 長 即宣布
yīncǐ sì ge tíàn jūnwèi chénglì dāngshí Jiàoyùbùzhǎng jí xuānbù

維持草案 內容 ，也就是 將 文言文 比例拉至45%到55%。
wéichí cǎoàn nèiróng yě jiù shì jiāng wényánwén bǐlì lā zhì dào

沒 想 到 ，時隔 兩 個星期，法案[32]立即大 逆 轉[33]。 委員 們
méixiǎngdào shí gé liǎng ge xīngqí fàan lìjí dà nìzhuǎn wěiyuán men

以28 票 決議 將 文 言 文 的 占比 降 至 35%到45% 之間 。
yǐ piào juéyì jiāng wényánwén de zhànbǐ jiàngzhì dào zhījiān

這 樣 的 轉變，可以 說 幾家歡樂 幾家愁 。例如，支持
zhèyàng de zhuǎnbiàn kěyǐ shuō jǐ jiā huānlè jǐ jiā chóu lìrú zhīchí

白話文 的散文 作家吟河（ 張 清 田 ）在 兩 個星期前，
báihuàwén de sǎnwén zuòjiā Yínhé Zhāngqīngtián zài liǎng ge xīngqíqián

得知 文言 文 占比提高至45%到55%時，立刻在自己的部落格[34]
dézhī wényánwénzhànbǐ tígāo zhì dào shí lìkè zài zìjǐ de bùluògé

戲稱[35]此舉為「推不動 的 白話文 運動[36]」，並 對臺灣
xìchēng　cǐ jǔ wéi　tuī bú dòng de báihuàwén yùndòng　　bìng duì Táiwān

的教育 深 表 遺憾。
de jiàoyù shēn biǎo yíhàn

　　而 國 教 行 動 聯 盟[37]也表示：「教育是未來 生 活 的
ér Guójiào xíngdòng liánméng　yě biǎoshì　　jiàoyù shì wèilái shēnghuó de

基礎。」 聲 明 對於提高 文言 文 比例感到 非 常 失望，
jīchǔ　　shēngmíng duìyú tígāo wényánwén bǐlì gǎndào fēicháng shīwàng

以為拉高文 言 文比例，只會把 學 生 越推越 遠 ，對於
yǐwéi lāgāo wényánwén bǐlì　zhǐ huì bǎ xuéshēng yuè tuī yuè yuǎn　duìyú

提升 學 生 的學習意願毫 無 幫 助。 更 有一百 多位 作家
tíshēng xuéshēng de xuéxí yìyuàn háo wú bāngzhù　gèng yǒu yì bǎi duō wèi zuòjiā

主 張 應 當 減少 文言文，好讓孩子能 夠 有時間 大量
zhǔzhāng yīngdāng jiǎnshǎo wényánwén　hǎo ràng háizi nénggòu yǒu shíjiān dàliàng

閱讀。
yuèdú

　　然而，臺灣大學 名譽 教 授 朱武文則抱持 不同 看法。
ránér　Táiwān dàxué míngyù jiàoshòu Zhū wǔwén zé bàochí bùtóng kànfǎ

朱 教授表示， 學 生 閱不閱讀，和文言 文 的比例 並無直
Zhū jiàoshòu biǎoshì　xuéshēng yuè bù yuèdú　hé wényánwén de bǐlì bìngwúzhí

接關係，當 檢討 臺灣 的教育 和 考試制度[38]才是，並說明：
jiē guānxì dāng jiǎntǎo Táiwān de jiàoyù hé kǎoshì zhìdù　cái shì bìng shuōmíng

高 中 為十二年 國民 教育[39]的 最高階段，在此階段 把
gāozhōng wéi shíèr nián guómín jiàoyù　de zuì gāo jiēduàn　zài cǐ jiēduàn bǎ

74

文言文 拉高到45%至55%之間，應 是合情合理[40]的。也就
wényánwén lāgāo dào zhì zhījiān yīng shì héqíng hélǐ de yě jiù

是說， 文言文的比例從 國小 的0%、 國 中 35%，直到
shì shuō wényánwén de bǐlì cóng guóxiǎo de guózhōng zhídào

高 中 的55%，維持如此漸進[41]式的學習，是 相 當 合宜的，
gāozhōng de wéichí rúcǐ jiànjìn shì de xuéxí shì xiāngdāng héyí de

並 不會 太過苛刻[42]。
bìng bú huì tài guò kēkè

　　新北市副 市 長 侯友宜 更 在自己臉書 貼上：「家有倔[43]
Xīnběishì fù shìzhǎng Hóu yǒuyí gèng zài zìjǐ liǎnshū tiēshàng jiā yǒu juè

子，不敗其家。國 有 諍[44]臣，不 亡 其國。」 並 說，他
zǐ bú bài qí jiā guó yǒu zhēng chén bù wáng qí guó bìng shuō tā

偶然看到 這句話，內心頗有感觸， 並 強 調， 短 短 16個
ǒurán kàndào zhè jù huà nèixīn pǒ yǒugǎnchù bìng qiángdiào duǎnduǎn ge

字的 文 言文，若要 轉 換 [45] 成 白話文，可能 得用 好
zì de wényánwén ruòyào zhuǎnhuàn chéng báihuàwén kěnéng děi yòng hǎo

幾百個字才能 說 清楚。
jǐ bǎi ge zì cáinéng shuō qīngchǔ

　　文 言 白話的輿論[46]爭議已久，如果 放下 政 治 立場，
wényán báihuà de yúlùn zhēngyì yǐ jiǔ rúguǒ fàngxià zhèngzhì lìchǎng

純 粹 回歸教育而言， 文言文 教學 確實有 檢討[47]的
chúncuì huíguī jiàoyù ér yán wényánwén jiàoxué quèshí yǒu jiǎntǎo de

必要。在 過往， 文言文 一味地以 背誦[48] 的方式來
bìyào zài guòwǎng wényánwén yíwèi de yǐ bèisòng de fāngshì lái

教學， 更 以制式[49]的考題來考 學 生 ，實在 很難 引起
jiāoxué　　gèng yǐ zhìshì　de kǎotí lái kǎo xuéshēng　　shízài hěn nán yǐnqǐ

學 生 的學習動機[50]。如果 能 翻 轉[51]一下文言文教學，
xuéshēng de xuéxí dòngjī　rúguǒ néng fānzhuǎn　yíxià wényánwén jiāoxué

那麼反對的 聲 浪[52]或許 就不會這 樣 大了。因為 文言 文
nàme fǎnduì de　shēnglàng huòxǔ jiù bú huì zhèyàng dà le　yīnwèi wényánwén

畢竟 承 載[53]了中 華 文化，是深入文化、認識 文化
bìjìng chéngzài　le zhōnghuá wénhuà　shì shēnrù wénhuà　rènshì wénhuà

的橋 樑，如果 不再 重 視了，學 生 如何了解「推、敲」
de qiáoliáng　rúguǒ bú zài zhòngshì le　xuéshēng rúhé liǎojiě　tuī　qiāo

的差別， 更 如何汲取[54]古人的智慧？
de chābié　gèng rúhé jíqǔ　gǔrén de zhìhuì

　　要 我 們 的孩子不要讀文言文，就好比要 英 國 人的
yào wǒmen de háizi bú yào dú wényánwén　jiù hǎobǐ yào Yīngguórén de

孩子不再讀莎士比亞一樣，這 樣 好嗎？這 樣 是 對的嗎？
háizi bú zài dú Shāshìbǐyǎ yíyàng　zhèyàng hǎoma　zhèyàng shì duì de ma

或許在我 們討論文白比例之前， 應 該 先 正視十二年
huòxǔ zài wǒmen tǎolùn wénbái bǐlì zhīqián　yīnggāi xiān zhèngshì shíèr nián

國 教 的問題，好好檢討當 今 的考試 制度， 這 樣 才 能
guójiào de wèntí　hǎohǎo jiǎntǎo dāngjīn de kǎoshì zhìdù　zhèyàng cái néng

挽救[55]學 生 的語言 能力， 讓 孩子願意 主 動 地打開 書本，
wǎnjiù xuéshēng de yǔyán nénglì　ràng háizi yuànyì zhǔdòng de dǎkāi shūběn

享 受 閱讀的樂趣。
xiǎngshòu yuèdú de lèqù

新聞來源

1. 翻盤！高中國文課綱文言文比率確定將至35%到45%（中時電子報）
2. 高中國文課綱擬減文言文 7院士、教授連署反對（自由時報）
3. 高中課綱文白比重審　文言文比率定案35%至45%（聯合新聞網）
4. 支持文言文！侯友宜分享16字古文「我講清楚要花好幾百字」（東森新聞雲）
5. 臺大教授：發揚臺灣本土性　不會因使用文白而有差異（聯合新聞網）

 生詞 shēngcí

Vocabulary

1.	國文	guówén	national language
2.	文言文	wényánwén	classical Chinese
3.	白話文	báihuàwén	vernacular Chinese
4.	比例	bǐlì	proportion
5.	定論	dìnglùn	final conclusion
6.	決議	juéyì	to resolve to
7.	維持	wéichí	to maintain

8.	教育部	jiàoyùbù	Ministry of Education
9.	課綱	kègāng	curriculum guidelines
10.	審議	shěnyì	to examine; to discuss
11.	投票	tóupiào	to vote
12.	否決	fǒujué	to reject
13.	調降	tiáojiàng	to decrease
14.	主張	zhǔzhāng	to believe in; to advocate
15.	文學	wénxué	literature
16.	口語	kǒuyǔ	oral
17.	一味	yíwèi	always; all the time
18.	彼時	bǐshí	then
19.	提倡	tíchàng	to advocate; to promote
20.	以身作則	yǐshēn zuòzé	to practice what one preaches; to lead by example
21.	思索	sīsuǒ	to speculate
22.	漠視	mòshì	to ignore
23.	丟棄	diūqì	to discard
24.	委員	wěiyuán	commissioner
25.	迥異	jiǒngyì	to differ
26.	達成共識	dáchéng gòngshì	to reach a consensus

27.	修正動議	xiūzhèng dòngyì	amendment
28.	提案	tían	proposal
29.	激烈	jīliè	intense
30.	分別	fēnbié	separately
31.	門檻	ménkǎn	threshold
32.	法案	fǎàn	bill
33.	逆轉	nìzhuǎn	reversal
34.	部落格	bùluògé	blog
35.	戲稱	xìchēng	to facetiously describe
36.	運動	yùndòng	movement
37.	聯盟	liánméng	league
38.	制度	zhìdù	system; system
39.	國民教育	guómín jiàoyù	compulsory education
40.	合情合理	héqíng hélǐ	reasonable
41.	漸進	jiànjìn	to advance gradually
42.	苛刻	kēkè	strict
43.	倔	juè	progressive; stubborn; unyielding
44.	諍	zhēng	to criticize frankly; to admonish honestly
45.	轉換	zhuǎnhuàn	to transform
46.	輿論	yúlùn	public opinions

47.	檢討	jiǎntǎo	to criticize
48.	背誦	bèisòng	to recite
49.	制式	zhìshì	standard; hackneyed
50.	動機	dòngjī	motivation
51.	翻轉	fānzhuǎn	to flip
52.	聲浪	shēnglàng	sound waves; voices/opinions of people
53.	承載	chéngzài	to carry
54.	汲取	jíqǔ	to draw; to derive
55.	挽救	wǎnjiù	to save

二、訪談練習

第一部分

請訪問你的同學,並寫下同學的回答。

1. 求學時你最喜歡什麼科目?為什麼?

2. 求學時你最不喜歡什麼科目？為什麼？

_____

_____

3. 你覺得，遇到不喜歡某個科目的學生，老師應該怎麼引起學生的興趣呢？

_____

_____

4. 你覺得我們還需要學古典文學嗎？

_____

_____

5. 請問，在你的國家，學校重視古典文學的教學嗎？

_____

_____

第二部分

如果你有機會，能夠訪問支持提高文言文比例的委員，你會準備哪些問題？請寫出五個你想問他的問題。

1. _____

2. _____

3. _____

4. _____

5. _____

三、想一想

1. 請問，你們國家的國民教育是幾年呢？有沒有升學考試？

_____

_____

2. 請問,你在中學時有學習古典文學嗎?如果有,你讀了些什麼呢?你覺得學了古典文學,對於你理解現代文學有幫助嗎?

_____

_____

3. 你贊同學生學習古典文學,還是反對呢?請說出你的看法。

_____

_____

4. 你覺得在學習文學名著時,應不應該背誦呢?另外,請分享一下你的老師的教法。

_____

_____

5. 請問,你覺得應該怎麼做,才能讓學生喜歡上閱讀呢?

_____

_____

8 和尚¹ 也　瘋狂 「般若心經」變
héshàng　yě　fēngkuáng　　　Bōrě　xīnjīng　biàn

搖滾金曲
yáogǔn　jīnqǔ

一、新聞稿

難道 弘 揚 [2]佛法[3]就只 能 在寺廟[4] 中 進行？你可
nándào hóngyáng fófǎ jiù zhǐ néng zài sìmiào zhōng jìnxíng nǐ kě

曾 見過 和尚所 組成 的搖滾樂團[5]？和尚們 站 上
céng jiànguò héshàngsuǒ zǔchéng de yáogǔn yuètuán héshàng men zhànshàng

舞臺， 手 彈 電吉他[6]，搭配熱力四射的 燈 光 ，而臺下
wǔtái shǒu tán diànjítā dāpèi rèlì sìshè de dēngguāng ér táixià

觀 眾 則是隨著 音樂 搖擺[7]、甩頭[8]。這般 顛覆以往 佛教[9]
guānzhòng zéshì suízhe yīnyuè yáobǎi shuǎitóu zhèbān diānfù yǐwǎng Fójiào

形 象 的 傳法 模式，已在日本 東 京 登場。有 六位 僧
xíngxiàng de chuánfǎ móshì yǐ zài Rìběn Dōngjīng dēngchǎng yǒu liù wèi sēng

侶[10]， 將 佛經改編 成 搖滾歌曲， 大聲 歡 唱 《般若波
lǚ jiāng fójīng gǎibiān chéng yáogǔn gēqǔ dàshēng huānchàng Bōrě bō

羅密多心經》。
luómìduōxīnjīng

位於 東京 四局谷三丁目的 狹小 巷 弄 裡，有間以
wèiyú Dōngjīng Sìjúgǔ Sāndīngmù de xiáxiǎo xiànglòng lǐ yǒujiān yǐ

簡潔白燈招牌[11] 裝 飾 的「坊主Bar」隱藏在不起眼的角落，
jiǎnjiébáidēngzhāopái zhuāngshì de Fángzhǔ yǐncángzài bùqǐyǎn de jiǎoluò

這間 就是平日「坊主band」 演唱 佛經的場所。「坊主band」
zhèjiān jiù shì píngrì Fángzhǔ yǎnchàng fójīng de chǎngsuǒ Fángzhǔ

是以佛教僧侶藤崎 善 為 首所組成 的 樂團。
shì yǐ Fójiàosēnglǚ Téngqíshàn wéishǒu suǒzǔchéng de yuètuán

36歲的藤崎是 新井藥師 梅 照 院 裡的和尚，平日 的
suì de Téngqíshì Xīnjǐngyàoshī Méizhàoyuàn lǐ de héshàng píngrì de

生 活以敲木魚[12]、 唸 佛經爲主。然而，由於藤崎在高 中
shēnghuó yǐ qiāo mùyú niàn fójīng wéizhǔ ránér yóuyúTéngqízàigāozhōng

時代就喜歡 民謠[13]詩人麥迪傑森及七○ 年代 的音樂，且 擅
shídài jiù xǐhuān mínyáo shīrén Màidí Jiésēn jí qīlíng niándài de yīnyuè qiě shàn

長 彈吉他，因此在 當 了 和 尚 後，便 興起把佛經與他最
cháng tán jítā yīncǐ zài dāng le héshàng hòu biàn xīngqǐ bǎ fójīng yǔ tā zuì

熟悉、最熱愛的音樂 相 結合的念頭。
shóuxī zuì rèài de yīnyuè xiāng jiéhé de niàntóu

佛教一開始在日本 傳 播 時，出家 和 尚 仍 需 嚴守
Fójiāo yìkāishǐ zài Rìběn chuánbò shí zhūjiā héshàng réng xū yánshǒu

獨身[14]及素食[15]的戒律[16]。可是到了明 治 時代，日本 政 府
dúshēn jí sùshí de jièlǜ kěshì dàole Míngzhì shídài Rìběn zhèngfǔ

爲 削弱[17] 民 眾 對 僧佛的 崇 拜[18]，便 下令 和 尚 不必
wèi xiāoruò mínzhòngduì sēngfó de chóngbài biàn xiàlìng héshàng búbì

再齋戒[19]，不但可以喝酒吃肉，還可以娶妻 生 子，此舉無非
zài zhāijiè búdàn kěyǐ hē jiǔ chīròu hái kěyǐ qǔ qī shēng zǐ cǐjǔ wúfēi

是想 將聖潔[20]的和 尚「凡人化[21]」。
shìxiǎng jiāng shèngjié de héshàng fánrénhuà

日本 和 尚「凡人化」後，雖然 仍舊 住在寺院裡，一樣
Rìběn héshàng fánrénhuà hòu suīrán réngjiù zhùzàisìyuàn lǐ yíyàng

爲 信 眾 主持 法事，但是他們 和一般人 一樣，可以娶妻 生
wèi xìnzhòng zhǔchí fǎshì dànshìtāmen hé yìbānrén yíyàng kěyǐ qǔ qī shēng

子，更 可以喝酒吃肉。即使如此，以開酒吧、搖滾樂來
zǐ　　gèng　kěyǐ　hē jiǔ chī ròu　　jíshǐ　rúcǐ　　yǐ kāi jiǔbà　　yáogǔnyuè lái

傳 道，這 在日本佛教界還算 是個 創 舉[22]，並 不是 常 見
chuándào　zhè zài Rìběn fójiào jiè háisuàn shì ge chuàngjǔ　　bìng bú shì chángjiàn

的 現 象 。
de xiànxiàng

　　　　藤崎 說 ：「我在藥師寺服務了十餘 年 。除了做法事[23]、
　　　　Téngqí shuō　　wǒ zài Yàoshīsì fúwù le shí yú nián　　chúle zuò fǎshì

舉行葬禮[24]之外，其他的時間 鮮 少 能 與民 眾 接觸。而
jǔxíng zànglǐ　zhīwài　　qítā de shíjiān xiǎnshǎo néng yǔ mínzhòng jiēchù　　ér

身 為一名 和尚，我 有 宣揚 佛法的責任[25]，在與寺裡的
shēnwéi yì míng héshàng　　wǒ yǒu xuānyáng fófǎ de zérèn　　zài yǔ sì lǐ de

高 橋 商 量 後，我們一致 認為 將 佛經譜曲[26]，然後 加以
Gāoqiáo shāngliáng hòu　wǒmen yízhì rènwéi jiāng fójīng pǔqǔ　　ránhòu　jiāyǐ

傳 唱 ，會是一個最快，且 能 夠 讓 更 多人接觸 佛教
chuánchàng　huì shì yí ge zuìkuài　jiě nénggòu ràng gèng duō rén jiēchù Fójiào

的方式。」
de fāngshì

　　　　「坊 主 band」成立至今已四年 了，白天 和尚 們 會 先
　　　　Fángzhǔ　　chénglì zhìjīn yǐ sì nián le　báitiān héshàng men huì xiān

在寺廟裡做法事， 等 到 下午五點 後，再到店裡作 準
zài sìmiào lǐ zuò fǎshì　　děngdào xiàwǔ wǔ diǎn hòu　zài dào diàn lǐ zuò zhǔn

備。客人 們 也 常 與他們 傾訴 心事、談工作 、 聊
bèi　　kèrén men yě cháng yǔ tāmen qīngsù xīnshì　tán gōngzuò　　liáo

感 情 ，而他們除了 唱 佛曲外，也會以佛經 中 的道理，來
gǎnqíng　　 ér tāmen chúle chàng fóqǔ wài　 yě huì yǐ fójīng zhōng de dàolǐ　 lái

替客人 們 解惑[27]。
　 tì kèrén men jiěhuò

除了在酒吧內單獨 演 唱 外，他們 也 曾 與 身 穿 黑色
chúle zài jiǔbà nèi dāndú yǎnchàng wài　　 tāmen yě céng yǔ shēnchuān hēisè

長 袍[28]的牧師[29]樂隊「Jesus Love」 一起合作演出。牧師 與
chángpáo　 de mùshī yuèduì　　　　　　　 yìqǐ hézuò yǎnchū　 mùshī yǔ

和 尚 的組合， 讓 兩 種 不一樣 的宗 教 擦出了火花[30]。
héshàng de zǔhé　 ràng liǎng zhǒng bù yíyàng de zōngjiào cāchū le huǒhuā

篠崎 說 ：「不知道該 說 天堂 還是涅槃[31]，我 總 認爲是
Téngqí shuō　　 bù zhīdào gāi shuō tiāntáng háishì nièpán　 wǒ zǒng rènwéi shì

老天 希望 看到 這 兩 支 宗 教 樂團 攜手 合作。我 想，這
lǎotiān xīwàng kàndào zhè liǎng zhī zōngjiào yuètuán xīshǒu hézuò　　 wǒ xiǎng zhè

是一般教會 與 寺廟 辦不到的。」
shì yìbān jiàohuì yǔ sìmiào bànbúdào de

如此不一樣 的傳 教 方式， 成 功 吸引這一代
rúcǐ bù yíyàng de chuánjiào fāngshì　　 chénggōng xīyǐn zhè yí dài

年 輕人 的注意。雖然 尚 未 走紅，但 他們 所舉辦的
niánqīngrén de zhùyì　 suīrán shàngwèi zǒuhóng　　 dàn tāmen suǒ jǔbàn de

小 型 演唱 會 總是座無虛席。「坊主band」的 誕 生 ，
xiǎoxíng yǎnchànghuì zǒngshì zuòwú xūxí　　 Fángzhǔ　　　　 de dànshēng

除了讓 年 輕 的 信 眾[32]有 機會接觸佛教外， 更 讓 宗教
chúle ràng niánqīng de xìnzhòng　 yǒu jīhuì jiēchù Fójiàowài　 gēng ràng zōngjiào

信 仰 能 以 不同 的 形態 傳 承 下去。
xìnyǎng néng yǐ bùtóng de xíngtài chuánchéng xiàqù

新聞來源

1. 和尚也瘋狂！日本神職人員玩搖滾（地球圖輯隊）
2. 從念經到阿門　僧侶牧師攜手獻藝傳道（自由時報）
3. 日本帥哥和尚開酒吧　佛法開示客人話家常（蘋果即時）
4. 坊主BAR：從京都和尚酒吧看日本僧侶如何入世傳教（Nippon Café）

生詞 shēngcí Vocabulary

1.	和尚	héshàng	bonze
2.	弘揚	hóngyáng	to promote
3.	佛法	fófǎ	Buddha Dharma
4.	寺廟	sìmiào	temple
5.	搖滾樂團	yáogǔn yuètuán	rock band
6.	電吉他	diànjítā	electric guitar
7.	搖擺	yáobǎi	to swing

8.	甩頭	shuǎitóu	to shake head
9.	佛教	fójiào	Buddhism
10.	僧侶	sēnglǚ	monk
11.	招牌	zhāopái	shop sign
12.	木魚	mùyú	wooden fish
13.	民謠	mínyáo	folk music
14.	獨身	dúshēn	celibate
15.	素食	sùshí	vegetarian
16.	戒律	jièlǜ	precept
17.	削弱	xiāoruò	to weaken
18.	崇拜	chóngbài	worship
19.	齋戒	zhāijiè	Ramadan
20.	聖潔	shèngjié	sacred
21.	凡人化	fánrénhuà	mortalize
22.	創舉	chuàngjǔ	pioneering undertaking
23.	法事	fǎshì	religious rite
24.	喪禮	sānglǐ	funeral
25.	責任	zérèn	responsibility
26.	譜曲	pǔqǔ	to compose music
27.	解惑	jiěhuò	to clear up one's confusion

28.	長袍	chángpáo	robe
29.	牧師	mùshī	priest
30.	火花	huǒhuā	spark
31.	涅槃	nièpán	nirvana
32.	信眾	xìnzhòng	believer

二、新聞放大鏡

1. 這則新聞的主角是誰？

2. 這則新聞發生在哪裡？

3. 這則新聞發生在什麼時候？

_____

_____

4. 從這則新聞可以知道，發生了什麼事？為什麼會發生這樣的事？

_____

_____

5. 請你說說看事情發生的經過。

_____

_____

三、訪談練習

第一部分

請訪問你的同學，並寫下同學的回答。

1. 你覺得神職人員必須遵守齋戒嗎？為什麼？

_____

_____

2. 你的家人有宗教信仰嗎？你呢？

_____

_____

3. 你會強迫自己的小孩和自己信仰相同的宗教嗎？為什麼？

_____

_____

4. 你覺得人們為什麼會需要宗教信仰？

_____

_____

5. 如果遇到信仰不同的人，你會說服他相信你的宗教嗎？

_____

_____

第二部分

如果你有機會，能夠訪問坊主的老闆，你會準備哪些問題？請寫出五個你想問他的問題。

1. _____

2. _____

3. _____

4. _____

5. _____

四、想一想

1. 請問，你認同出家和尚以搖滾樂來傳教嗎？為什麼？

_____

_____

2. 請問，在你的國家，最多人信仰的宗教是什麼？該宗教允許專職的神職人員結婚生子嗎？

_____

_____

3. 想一想，除了音樂之外，你覺得還可以用什麼方式來讓年輕信眾接觸宗教？

_____

_____

4. 請問，你自己有沒有持守齋戒呢？不論是行為上的，或是飲食上的都算。

_____

_____

5. 事實上，和尚在日本擁有相當高的人氣，很多單身女性都想參加「和尚聯誼會」，想嫁給和尚。請問，為什麼單身女性會想和和尚結婚，而不是和一般人結婚呢？

_____

_____

「賤民身分」印度男子
jiànmín shēnfèn　　Yìndù nánzǐ

看 舞 遭人圍毆致死
kàn wǔ zāo rén wéiōu zhì sǐ

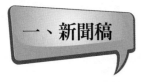

一、新聞稿

近日，印度一名21歲 的「達利特」（Dalit）男子，在 印度
jìnrì　Yìndù yì míng　suì de　　Dálìtè　　　　nánzǐ　zài Yìndù

西部的古吉拉突邦 觀 賞 民俗 舞蹈時，被其他 民 眾 圍毆
xībù de　Gǔjílātúbāng guānshǎng mínsú wǔdà shí　bèi qítā　mínzhòng wéiōu

致死[1]。而起因[2]跟印度 根 深柢固[3]的 種 姓 制度[4] 衝 突[5]
zhì sǐ　　ér qǐyīn gēn Yìndù gēnshēn dǐgù　de zhǒngxìng zhìdù　chōngtú

有 關 。
yǒuguān

　　　換 言之，這 又是一起被視為賤民[6]階層[7]的「達利特」
huànyánzhī　zhè yòushì yìqǐ bèishì éi jiànmín jiēcéng de　　Dálìtè

遭到攻擊[8]的案例。
zāodàogōngjí de　ànlì

　　　種 姓 制度（Caste system in India）在印度、孟加拉、
zhǒngxìng zhìdù　　　　　　　　　　　　　zài Yìndù　Mèngjiālā

斯里蘭卡 等 國家已經 存在了近 一 千 年 ，是一套以 血 統[9]
Sīlǐlánkǎ　děng guójiā yǐjīng cúnzài le jìn yì qiānnián　shì yí tào yǐ xiětǒng

作 為基礎的社會體系[10]，其中 又以印度 最為 盛 行 。雖然
zuòwéi jīchǔ de shèhuì tǐxì　　qízhōng yòu yǐ Yìndù zuìwéi shèngxíng　suīrán

在1947年印度獨立[11]時， 種 姓 制度的法律地位[12]已被廢除[13]，
zài　niánYìndù dúlì　shí　zhǒngxìng zhìdù de fǎlù　dìwèi　yǐ bèifèichú

但 是時至今日， 種 姓 制度依然 影 響 著印度 人民 的
dàn shì shí zhì jīnrì　zhǒngxìng zhìdù yīrán yǐngxiǎng zhe Yìndù rénmín de

生 活 與 規範[14]。
shēnghuó yǔ guīfàn

根據英 國 廣 播公司（BBC）報導， 兩 名 二十一歲的
gēnjù Yīngguóguǎngbògōngsī　　　　bàodǎo　liǎng míng　èrshíyī　suì de

印度 男 性日前 深夜 外出 觀 看 印度教[15]九夜節[16]（Navratri）
Yìndù nánxìng rìqián　shēnyè wàichū guānkàn Yìndùjiào　Jiǔyèjié

的民俗舞蹈[17]嘎巴舞[18]（Garba）的表演， 中 途 卻遭到 陌 生
de mínsú wǔdào　Gābāwǔ　　　　　　de biǎoyǎn　zhōngtú quèzāodào mòshēng

人士的毆打[19]。
rénshì de ōudǎ

事發前 ， 一 名 男子 衝 上 前 ， 質問[20]他們爲 什 麼
shì fā qián　　yì míng nánzǐ chōng shàngqián　zhíwèn　tāmen wèishén me

來 觀 賞 舞蹈， 其 中 一位 受害者[21] 聲 稱[22]他的姊妹 和
lái guānshǎng wǔdào　qízhōng yí wèi shòuhàizhě　shēngchēng　tā de jiěmèi hé

女兒 都在 臺上 表演，因此過來 捧 場[23]。但是 挑釁者[24]
nǚér　dōu zài táishàng biǎoyǎn　yīncǐ guòlái pěngchǎng　dànshì tiǎoxìngzhě

似乎不滿意 這 樣 的回答，繼續 咒 罵[25]他們 兩 人，後來 更
sìhū bù mǎnyì zhèyàng de huídá　jìxù zhòumà tāmen liǎngrén　hòulái gèng

找 來了七個人圍毆那 兩 名 受害者。
zhǎolái le qī ge rénwéiōu nà liǎng míng shòuhàizhě

據旁人的 轉 述[26]， 其 中 一位受害人 先 被甩 了好
jù pángrén de zhuǎnshù　qízhōng yí wèi shòuhàirén xiān bèi shuǎi le hǎo

幾下耳光[27]，另一 名 受害者急忙 上 前 勸架[28]， 沒 想 到
jǐ xià ěrguāng　lìng yì míng shòuhàizhě jímáng shàngqián quànjià　méixiǎngdào

卻被推倒，頭部因此 撞 擊 [29]到 牆 面 。由於 撞 擊 的力道
què bèi tuīdǎo　　tóubù yīncǐ zhuàngjí dào qiángmiàn　　yóuyú zhuàngjí de lìdào

太大，頭部 嚴 重 受 創 [30]，當 下 立即昏迷不醒 [31]，送醫
tàidà　　tóubù yánzhòng shòuchuàng　　dāngxià　lìjí　hūnmí bù xǐng　　sòngyī

後 仍不治 身 亡 。
hòu réng búzhì shēnwáng

　　鬥毆事件 竟然 升級 成 殺人案件，這無疑為 單 純 的
dòuōu shìjiàn jìngrán shēngjí chéng shārén ànjiàn　　zhè wúyí wèi dānchún de

慶 典 活動 [32] 蒙 上 了一層 陰影 。
qìngdiǎn huódòng méngshàng le yì céng yīnyǐng

　　印度新 聞信託社（PTI）表示，攻擊者認為 對 方 是賤
Yìndù xīnwén xìntuōshè　　　　biǎoshì　gōngjízhě rènwéi duìfāng shì jiàn

民「達利特」，沒有權利 觀 賞 嘎巴舞，所以才動 手 打
mín　 Dálìtè　　　méiyǒu quánlì guānshǎng Gābāwǔ　　suǒyǐ cái dòngshǒu dǎ

他們。
tāmen

　　當地 警 方目前已 將 涉嫌 [33] 打死該 名 受害人的 八
dāngdì jǐngfāng mùqián yǐ jiāng shèxián　　dǎsǐ gāi míng shòuhàirén de　bā

名 嫌犯逮捕 [34]。警 方 並 進一步 聲 明 [35]，他們已 為 受
míng xiánfàn dàibǔ　　jǐngfāng bìng jìnyíbù shēngmíng　　tāmen yǐ wèi shòu

害者家屬提供了安全 保 障 ，以防 嫌犯家屬 會 對他們
hàizhě jiāshǔ tígōng le ānquán bǎozhàng　　yǐ fáng xiánfàn jiāshǔ huì duì tāmen

進行 報復 [36]。
jìnxíng bàofù

在印度，種姓制度一直是個敏感[37]的話題。即便身分證[38]上並不會標示個人所屬的種姓階級，但是在生活中，印度人藉由姓氏、工作或是日常的行為，還是可以分辨[39]出彼此的階層。

而這樣的種姓區別，在鄉村地區仍然相當明顯，尤其是那些在最底層的人，「達利特」至今仍備受歧視[40]。過去甚至傳出，在天災發生時，印度一處村落中，因村民不願援助達利特，導致該位達利特被活活淹死。

目前的法律雖然已明文保護「達利特」，但是仍改變不了村民們的想法，看來，要徹底去除種姓制度，仍有很長一段路要走。

新聞來源

1. 「賤民不配觀賞舞蹈」印度男慘遭圍毆身亡（中時電子報）

2. 印度男子看舞被圍毆身亡　攻擊者：他是賤民不配（新浪新聞中心）

3. 印度男子因看舞被圍毆身亡　攻擊者：他是賤民，不配！（人民網）

生詞 shēngcí Vocabulary

1.	圍毆致死	wéiōu zhìsǐ	to beat someone to death
2.	起因	qǐyīn	cause
3.	根深柢固	gēnshēn dǐgù	ingrained; deep-seated
4.	印度種姓制度	yìndù zhǒngxìng zhìdù	Caste System in India (a paradigmatic ethnographic example of caste)
5.	衝突	chōngtú	conflict
6.	賤民、達利特	jiànmín Dálìtè	Dalit (a term for the members of lower castes of India)
7.	階層	jiēcéng	stratum; rank
8.	攻擊	gōngjí	to attack

9.	血統	xiětǒng	descent
10.	社會體系	shèhuì tǐxì	social system
11.	獨立	dúlì	to be independent
12.	法律地位	fǎlǜ dìwèi	legal status
13.	廢除	fèichú	to abolish
14.	規範	guīfàn	regulations
15.	印度教	Yìndùjiào	Hinduism
16.	九夜節	Jiǔyèjié	Navaratri; Nine Nights (a nine nights (ten days) Hindu festival, celebrated in the autumn every year)
17.	民俗舞蹈	mínsú wǔdào	folk dance
18.	嘎巴舞	Gābāwǔ	Garba (dance) (a form of dance which originated in the state of Gujarat in India)
19.	毆打	ōudǎ	to beat
20.	質問	zhíwèn	to question
21.	受害者	shòuhàizhě	victim
22.	聲稱	shēngchēng	to claim
23.	捧場	pěngchǎng	to support
24.	挑釁者	tiǎoxìngzhě	provocateur
25.	咒罵	zhòumà	to curse

26.	轉述	zhuǎnshù	to relate as told by others
27.	耳光	ěrguāng	slaps on the face
28.	勸架	quànjià	to mediate; to try to stop people from fighting
29.	撞擊	zhuàngjí	to hit; to strike
30.	受創	shòuchuàng	to be wounded
31.	昏迷不醒	hūnmí bùxǐng	to remain unconscious
32.	慶典活動	qìngdiǎn huódòng	festival
33.	涉嫌	shèxián	suspected
34.	逮補	dàibǔ	to arrest
35.	聲明	shēngmíng	to declare
36.	報復	bàofù	to revenge
37.	敏感	mǐngǎn	sensitive
38.	身分證	shēnfènzhèng	identity card
39.	分辨	fēnbiàn	to identify
40.	歧視	qíshì	to discriminate against

新聞來源：（參考資料）

https://en.wikipedia.org/wiki/Caste_system_in_India

https://en.wikipedia.org/wiki/Dalit

https://en.wikipedia.org/wiki/Navaratri

https://en.wikipedia.org/wiki/Garba_（dance）

二、新聞放大鏡

1. 這則新聞的主角是誰？

2. 這則新聞發生在哪裡？

3. 這則新聞發生在什麼時候？

4. 從這則新聞可以知道，發生了什麼事？為什麼會發生這樣的事？

_____

_____

5. 請你說說看事情發生的經過。

_____

_____

第一部分

請訪問你的同學，並寫下同學的回答。

1. 在你的國家，有沒有階級或種族的問題？

_____

_____

2. 如果想解決這些問題，應該怎麼做？

_____

_____

3. 你覺得用什麼來判斷一個人的價值是比較恰當的？為什麼？

_____

_____

4. 你會羨慕有錢人嗎？為什麼？

_____

_____

5. 如果你受到了不平等的對待，你會怎麼做？

_____

_____

第二部分

如果你有機會，能夠訪問一位印度民眾對種姓制度的看法，你會準備哪些問題？請寫出五個你想問他的問題。

1. _____

2. _____

3. _____

4. _____

5. _____

四、想一想

1. 請詳細說明種姓制度。

_____

_____

2. 請你想一想，為什麼種姓制度可以延續千年的歷史呢？

_____

_____

3. 請問，你覺得我們的社會，還有沒有階級意識呢？若有，我們是以什麼來區分彼此的階級呢？

_____

_____

4. 請問，你覺得人類社會有沒有可能達到完全平等的境界呢？為什麼？

_____

_____

5. 你覺得在你的國家，處於低下階層的人，有沒有機會翻身呢？若有，他們可以靠什麼改變他們的命運呢？

_____

_____

脫歐、留歐，傻傻 分不清
tuō Ōu　　liú Ōu　　shǎshǎ　fēnbùqīng

英國 是否脫離歐盟[1]，不論 是在公投[2]前後 都不斷
Yīngguó shìfǒu tuōlí Ōuméng　　búlùn shìzài gōngtóu qiánhòu dōubúduàn

地引發熱議。6月24日 公投 結果 揭曉， 更 是 跌破 眾人
de yǐnfā rèyì　　yuè　　rì gōngtóu jiéguǒ jiēxiǎo　　gèng shì diépò zhòngrén

眼鏡[3]，不被 看好 的「脫離歐盟」（Leave）以51.89%的 獲
yǎnjìng　　bú bèi kànhǎo de　　tuōlí Ōuméng　　　　yǐ　　　de huò

票率 勝出 ， 小 勝 留在歐 盟 （Remain）的48.11%。
piàolǜ shèngchū　　xiǎoshèng liúzài Ōuméng　　　　de

　　而 英 國 確定脫歐 後，不少 原 先 投了脫歐 票的
ér Yīngguó quèdìng tuō Ōu hòu　　bù shǎo yuánxiān tóu le tuō Ōu piào de

英 國 選民 卻 在社交 媒體 上 直呼後悔， 更 有無數
Yīngguó xuǎnmín què zài shèjiāo　méitǐ shàng zhíhū hòuhuǐ　　gèng yǒu wúshù

民 眾 進行 連署[4]希望 能 舉辦二次 公投 。
mínzhòng jìnxíng liánshǔ　xīwàng néng jǔbàn èr cì gōngtóu

　　在2013年， 英 國 首 相 大衛·卡梅隆 表示 在2015 年
zài　　nián Yīngguó shǒuxiàng Dàwèi　　Kǎméilóng biǎoshì zài　　　　nián

大 選時如果 能 連任，脫歐公 投 將 在2017 年 以前舉行。而
dàxuǎnshí rúguǒ néng liánrèn　tuōŌugōngtóu jiāng zài　　　　nián yǐqiánjǔxíng　　ér

事實 上 ，這 並不是 英 國 對於脫歐與否舉行 的 第一次
shìshí shàng　　zhè bìng bú shì Yīngguó　duìyú tuōŌu yǔfǒu jǔxíng de dì yī cì

全 國 公民 投票。
quánguó gōngmín tóupiào

由於英國所處的不列顛群島[5]與歐洲大陸間隔了
yóuyú Yīngguó suǒ chǔ de Búlièdiān qúndǎo yǔ Ōuzhōu dàlù jiāngé le

英吉利海峽[6]，使得英國國民普遍不認爲英國是歐洲
Yīngjílì hǎixiá shǐde Yīngguó guómín pǔpiàn bú rènwéi Yīngguó shì Ōuzhōu

大陸的一部分，而英國又在政治和文化上，體現了
dàlù de yí bùfèn ér Yīngguó yòu zài zhèngzhì hé wénhuà shàng tǐxiàn le

他們獨特的風貌，因此英國人並不以爲自己和歐洲是
tāmen dútè de fēngmào yīncǐ Yīngguórén bìng bù yǐwéi zìjǐ hé Ōuzhōu shì

一體的。
yì tǐ de

19世紀晚期，英國更採行了「光榮孤立」的外交
shìjì wǎnqí Yīngguó gèng cǎixíng le guāngróng gūlì de wàijiāo

政策[7]，不過度參與歐洲各國事務，並保持歐洲大陸
zhèngcè bú guòdù cānyù Ōuzhōu gè guó shìwù bìng bǎochí Ōuzhōu dàlù

均勢。
jūnshì

是以自1973年，英國加入歐洲共同體[8]（歐盟前身）
shì yǐ zì nián Yīngguó jiārù Ōuzhōu gòngtóngtǐ Ōuméng qiánshēn

時，國內便有民眾對歐洲統合[9]性組織存有強烈
shí guónèi biàn yǒu mínzhòng duì Ōuzhōu tǒnghé xìng zǔzhī cún yǒu qiángliè

懷疑，所以1975年英國即舉行了歷史上首次的全國性
huáiyí suǒyǐ nián Yīngguó jí jǔxíng le lìshǐ shàng shǒucì de quánguóxìng

公投，結果留歐以67%的得票率獲勝，讓英國得以繼續
gōngtóu jiéguǒ liú Ōu yǐ de dépiàolǜ huòshèng ràng Yīngguó déyǐ jìxù

留在歐盟。
liú zài Ōuméng

　　在第一次脫歐與否 公 投 後的40多 年 間，脫歐、留歐的
zài dì yī cì tuōŌu yǔfǒu gōngtóu hòu de duō nián jiān tuōŌu liú Ōu de

議題依舊 爭 論 不休。支持脫離 歐 盟 的 民 眾 認爲， 英 國
yìtí yījiù zhēnglùn bù xiū zhīchí tuōlí Ōuméng de mínzhòng rènwéi Yīngguó

繳納過多 費用 給 歐 盟 、國內 多 項 政策 受到 歐 盟
jiǎonà guòduō fèiyòng gěi Ōuméng guónèi duō xiàng zhèngcè shòudào Ōuméng

法條 約束 、無法 限 制 外來移民 等 等 ，這些 因素促使
fǎtiáo yuēshù wúfǎ xiànzhì wàilái yímín děngděng zhè xiē yīnsù cùshǐ

主 張 脫歐派的人士希望 盡早脫離 歐 盟 。而支持留歐派
zhǔzhāng tuōŌupài de rénshì xīwàng jìnzǎo tuōlí Ōuméng ér zhīchí liúōupài

的人則是 看 中 歐 盟 會 員 國 所提供 的 龐大 供 需
de rén zé shì kànzhòng Ōuméng huìyuánguó suǒ tígōng de pángdà gōngxū

市 場 [10] ，而且歸 英 國 治理的蘇格蘭 [11] 和北愛爾蘭 [12] ， 都
shìchǎng érqiě guī Yīngguó zhìlǐ de Sūgélán hé Běiàiěrlán dōu

極爲 仰賴 歐 盟 的經濟 援 助 與《里斯本條約》[13] 的 政 策
jíwéi yǎnglài Ōuméng de jīngjì yuánzhù yǔ Lǐsīběn tiáoyuē de zhèngcè

福利 [14] ，因此留歐派人士認爲不可輕 言脫歐。
fúlì yīncǐ liúōupài rénshì rènwéi bù kě qīng yán tuōŌu

　　2016 年 英 國 首 相 大衛・卡麥隆爲兌現 競選 時
nián Yīngguó shǒuxiàng Dàwèi Kǎmàilóng wèi duìxiàn jìngxuǎn shí

的 承 諾 ，脫歐 公投 被二度 正 式 搬上 檯面 [15] 。但 於
de chéngnuò tuōŌu gōngtóu bèi èr dù zhèngshì bānshàng táimiàn dàn yú

24日公投 結果確定 英國 脫離歐盟 後，卡麥隆 首相
rì gōngtóu jiéguǒquèdìng Yīngguó tuōlí Ōuméng hòu Kǎmàilóng shǒuxiàng

請辭，舉國上下也陷入議論與不安氛圍中，部分脫歐的
qǐngcí jǔguó shàngxià yě xiànrù yìlùn yǔ bùān fēnwéi zhōng bùfèn tuōŌu de

民眾 對於結果 表示不可置信，甚至 感到 後悔。
mínzhòng duìyú jiéguǒ biǎoshì bùkě zhìxìn shènzhì gǎndào hòuhuǐ

不少 民眾 聚集在議會前高舉歐盟 旗幟 並 高呼「我
bùshǎo mínzhòng jùjí zài yìhuì qián gāojǔ ōuméng qízhì bìng gāohū wǒ

愛歐盟」的口號，希望 進行 二次公投 挽回 這次 公投
ài Ōuméng de kǒuhào xīwàng jìnxíng èr cì gōngtóu wǎnhuí zhè cì gōngtóu

的錯誤 決定；更 有 公民 在 網 上 請 願 要求倫敦
de cuòwù juédìng gèng yǒu gōngmín zài wǎngshàng qǐngyuàn yāoqiú Lúndūn

市 長 宣布 獨立並 申 請 加入歐盟，該 請 願書[16] 已獲得
shìzhǎng xuānbù dúlì bìngshēnqǐng jiārù Ōuméng gāi qǐngyuànshū yǐ huòdé

超過10萬 人 簽 署。除此之外，蘇格蘭與北愛爾蘭高喊獨立[17]
chāoguò wàn rén qiānshǔ chú cǐ zhīwài Sūgélán yǔ Běiàiěrlán gāohǎn dúlì

的聲 浪，更 讓 公投後的氣氛 雪上 加霜[18]。
de shēnglàng gèng ràng gōngtóuhòu de qìfēn xuěshàng jiāshuāng

根據Google Search數據[19]顯示，投票 結果 出爐後 英 國
gēnjù shùjù xiǎnshì tóupiào jiéguǒ chūlú hòu Yīngguó

民 眾對歐盟 產 生 了更大 的好奇心，在Google 上 搜
mínzhòngduì Ōuméng chǎnshēng le gēngdà de hàoqíxīn zài shàng sōu

索 最熱門的問題，就包括了：「什麼是歐盟？」、
suǒ zuì rèmén de wèntí jiù bāokuò le shénme shì Ōuméng

「歐盟 包含 哪些國家？」、「離開歐盟 後會 帶來什麼
Ōuméng bāohán nǎ xiē guójiā　　　　líkāi Ōuméng hòuhuì dàilái shénme

影 響 ？」
yǐngxiǎng

　　該數據並 不能 讓 我們 以偏概全 認定 所有 投票的
　　gāi shùjù bìng bùnéng ràng wǒmen yǐpiāngàiquán rèndìng suǒyǒu tóupiào de

公 民在未 經過 審 慎 [20]思考就去投票，不過也的確 有人
gōngmín zài wèi jīngguò shěnshèn　sīkǎo jiù qù tóupiào　búguò yě díquè yǒurén

抱持 著開玩笑 ，甚至爲了表達 對於現 況 的不滿而刻意
bàochí zhekāi wánxiào　shènzhì wèile biǎodá duìyú xiànkuàng de bù mǎn ér kèyì

「唱 反 調 [21]」投下了脫歐票。每日郵報（Daily Mail）記者
chàngfǎndiào　tóuxià le tuōōu piào　Měirì yóubào　　　　jìzhě

透露，一些脫歐派民 眾 在受訪 時表示 震 驚，「原先
tòulù　yì xiē tuōōupài mínzhòng zài shòufǎng shí biǎoshì zhènjīng　yuánxiān

不認爲自己的一票 能 造 成 什麼變化，想不到一切
bú rènwéi zìjǐ de yípiào néng zàochéng shénme biànhuà　xiǎngbúdào yíqiè

竟然 成 眞 了。」
jìngrán chéngzhēn le

　　在公投之前英 國 民 眾反倒更 熱衷於 討論即將
　　zài gōngtóu zhīqián Yīngguó mínzhòng fǎndào gèng rèzhōngyú tǎolùn jíjiāng

舉行的足球賽事或是 樂 團 表 演 ，一些 民 眾也確實
jǔxíng de zúqiú sàishì huòshì yuètuán biǎoyǎn　yìxiē mínzhòng yě quèshí

對 脫歐事件抱著 一知半解[22] 或隨興的態度就走進了投 票
duì tuōōu shìjiàn bàozhe yìzhī bànjiě　huò suíxìng de tàidù jiù zǒujin le tóupiào

所[23]。
suǒ

由此可見，民主制度[24]下國家 將 大事的 選擇權[25] 交付
yóu cǐ kě jiàn   mínzhǔ zhìdù   xià guójiā jiāng dàshì de xuǎnzéquán jiāofù

到公民 手 中，但 公民 在 獲得自主權益 的 同時 也
dào gōngmín shǒuzhōng   dàn gōngmín zài huòdé zìzhǔ quányì de tóngshí yě

應 當 承 擔 責任與義務，參與 社會事務、自由發表 言論
yīngdāng chéngdān zérèn yǔ yìwù   cānyù shèhuì shìwù   zìyóu fābiǎo yánlùn

前 需做好 功課， 投票 時也要 重 視 自己 手 中 的
qián xū zuòhǎo gōngkè   tóupiào shí yě yào zhòngshì zìjǐ shǒuzhōng de

選 票 而非當 作 兒戲[26]， 更 不該低估一 張 選 票 的 威
xuǎnpiào érfēi dāngzuò érxì   gēng bù gāi dīgū yì zhāng xuǎnpiào de wēi

力，否則結果就會 像 這次的公 投 結果 一樣， 讓 許多人
lì fǒuzé jiéguǒ jiù huì xiàng zhè cì de gōngtóu jiéguǒ yíyàng   ràng xǔduō rén

後悔莫及[27]！
hòuhuǐ mòjí

新聞來源

1. 英國正式啟動脫歐程序，蘇格蘭議會通過再次舉行獨立公投（端傳媒）

2. 2017年3月29日　英啟動脫歐（中時電子報）

3. 民調：57%英人不支持第2次脫歐公投（大紀元）

4. 沒有回頭餘地！英國29日啟動脫歐　首相梅伊發函通知（三立新聞網）

5. 英國脫歐來硬的！首相梅伊：不會半留半脫（TVBS News）

6. 英國脫歐將重返榮光或走向崩解？（蘋果即時）

生詞 shēngcí Vocabulary

1.	英國脫歐	Yīngguó tuō ōu	Brexit
2.	公投	gōngtóu	referendum
3.	跌破眼鏡	diépò yǎnjìng	to drop one's jaw
4.	連署	liánshǔ	petition
5.	不列顛群島	Búlièdiān qúndǎo	British Isles
6.	英吉利海峽	Yīngjílì hǎixiá	English Channel
7.	光榮孤立（政策）	guāngróng gūlì zhèngcè	splendid isolation (a policy)
8.	歐洲共同體	ōuzhōu gòngtóngtǐ	European Community
9.	統合	tǒnghé	integration
10.	供需市場	gōngxū shìchǎng	supply and demand market
11.	蘇格蘭	sūgélán	Scotland
12.	北愛爾蘭	běi àiěrlán	Northern Ireland

13.	《里斯本條約》	Lǐsīběn tiáoyuē	Treaty of Lisbon
14.	福利	fúlì	welfare
15.	搬上檯面	bānshàng táimiàn	to put on the table
16.	請願書	qǐngyuànshū	petition
17.	獨立	dúlì	to be independent
18.	雪上加霜	xuěshàng jiāshuāng	one disaster after another
19.	數據	shùjù	data
20.	審慎	shěnshèn	cautious
21.	唱反調	chàng fǎndiào	to argue against
22.	半知不解	bànzhī bùjiě	barely understand
23.	投票所	tóupiàosuǒ	polling station
24.	民主制度	mínzhǔ zhìdù	democracy
25.	選擇權	xuǎnzéquán	option
26.	兒戲	érxì	game; trifling matter
27.	後悔莫及	hòuhuǐ mòjí	too late for repentance

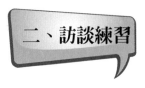

二、訪談練習

第一部分

請訪問你的同學，並寫下同學的回答。

1. 請問，你是個支持國家主義的人嗎？

_____

_____

2. 如果你是英國人，你會認同加入歐盟，還是離開歐盟？

_____

_____

3. 你對於以公投決定國家事務有什麼看法？

_____

_____

4. 你覺得有哪些事情必須要經由公投決定會比較好？

_____

_____

5. 請問，你覺得幾歲以上的人才能參與公投？為什麼？

_____

_____

第二部分

如果你有機會，能夠訪問一位英國民眾對脫歐的看法，你會準備哪些問
題？請寫出五個你想問他的問題。

1. _____

2. _____

3. _____

4. _____

5. _____

三、想一想

1. 既然英國國內有許多民眾反對加入歐盟，那麼當初為什麼會加入歐盟
   呢？

   _____

   _____

2. 為什麼歐盟會成為世界上第一大的經濟體系？

   _____

   _____

3. 你認同英國脫離歐盟嗎？為什麼？

   _____

   _____

4. 想一想，英國脫離歐盟後會對大英國協（Commonwealth of Nations）
   產生什麼樣的影響呢？

   _____

   _____

5. 英國脫離歐盟一事，對於你的國家會不會有什麼影響？

   _____

   _____

「只跑步，不健身[1]」適當補充
zhǐ pǎobù bú jiànshēn shìdàng bǔchōng

蛋白質的重要性
dànbáizhí de zhòngyàoxìng

一、新聞稿

近年 來，臺灣的路跑[2] 活 動 相 當 流 行，幾乎成 為
jìn nián lái　Táiwān de lùpǎo　huódòng xiāngdāng liúxíng　jīhū chéngwéi

了 全 民 運 動[3]。
le quánmín yùndòng

然而，要 參加路跑，除了要 有實力之外，肌耐力[4]的維持
ránér　yào cānjiā lùpǎo　chúle yào yǒu shílì zhīwài　jīnàilì　de wéichí

更 是不容 忽視。
gèng shì bù róng hūshì

為了維持肌肉[5]的 生 長 ，跑友 們 常 會有個疑問，
wèile wéichí jīròu　de shēngzhǎng　pǎoyǒu men cháng huì yǒu ge yíwèn

那就是：「如果不做其他 運 動 ，就只是 單 純 跑步，如此
nà jiù shì　rúguǒ bú zuò qítā yùndòng　jiù zhǐshì dānchún pǎobù　rúcǐ

是否 也需要提高蛋白質[6]的 補 充 呢？」
shìfǒu yě xūyào tígāo dànbáizhí　de bǔchōng ne

這個問題的答案是 肯定 的。因為 想 要 跑得 更 快
zhè ge wèntí de dáàn shì kěndìng de　yīnwèi xiǎngyào pǎo de gèng kuài

且更 持久[7]，就必須 增 強 肌力[8]；一定 要比沒 運 動 的人
qiě gèng chíjiǔ　jiù bìxū zēngqiáng jīlì　yídìng yào bǐ méi yùndòng de rén

攝取 更 多 的蛋白質，來 幫 助 肌肉的修復或加速 合 成[9]
shèqǔ gèngduō de dànbáizhí　lái bāngzhù jīròu de xiūfù huò jiāsù héchéng

肌肉才行 。但是 對於跑者 來說，補 充[10]蛋白質 的 標 準 及
jīròu cáixíng　dànshì duìyú pǎozhě láishuō　bǔchōng dànbáizhí de biāozhǔn jí

分 量 應該 如何拿捏？
fènliàng yīnggāi rúhé nániē

對此，就 讓 專業 營養師 林尚輝，來爲 跑友們
duì cǐ jiù ràng zhuānyè yíngyǎngshī Línshànghuī lái wèi pǎoyǒu men

揭開 營 養 與身體的奧祕吧！
jiēkāi yíngyǎng yǔ shēntǐ de àomì ba

正 常 運作 的身體 到底需要 多 少 蛋白質呢？一般而
zhèngcháng yùnzuò de shēntǐ dàodǐ xūyào duōshǎo dànbáizhí ne yī bān ér

言，蛋白質 的補 充 與 運 動 的頻率[11]及 強 度 成 正比，也
yán dànbáizhí de bǔchōng yǔ yùndòng de pínlǜ jí qiángdù chéng zhèngbǐ yě

就是說 運 動 頻率或 強 度 越 強 的人，所需要 補 充 的
jiù shì shuō yùndòng pínlǜ huò qiángdù yuè qiáng de rén suǒ xūyào bǔchōng de

蛋白質就越 多。因爲劇烈 運 動[12]後，是需要 靠 蛋白質來補
dànbáizhí jiù yuè duō yīnwèi jùliè yùndòng hòu shì xūyào kào dànbáizhí lái bǔ

給所 消耗 的能 量 ， 並 修復 運動 後的肌肉的。
jǐ suǒ xiāohào de néngliàng bìng xiūfù yùndòng hòu de jīròu de

林 尚 輝 營 養師 表示，蛋白質 補 充 的多寡，應該
Lín shànghuī yíngyǎngshī biǎoshì dànbáizhí bǔchōng de duōguǎ yīnggāi

依照 個人的 運 動 類型及 體重 來進行 評估[13]。
yīzhào gè rén de yùndòng lèixíng jí tǐzhòng lái jìnxíng pínggū

舉例來說，一般 標 準 跑者，一公斤 的體重 就需要
jǔ lì láishuō yìbān biāozhǔn pǎozhě yì gōngjīn de tǐzhòng jiù xūyào

補充1.2～1.4公克的蛋白質。 換 言 之，假如跑者的 體重
bǔchōng gōngkè de dànbáizhí huàn yán zhī jiǎrú pǎozhě de tǐzhòng

是60公斤的話，那麼 每天 就必須攝取[14]72公克 的蛋白質。
shì gōngjīn dehuà nàme měitiān jiù bìxū shèqǔ gōngkè de dànbáizhí

然而，值得注意的是，所謂 的72公克的蛋白質 並 不是 說，
ránér zhídé zhùyì de shì suǒwèi de gōngkè de dànbáizhí bìng bú shì shuō

一天 只 能 吃72 公克 的肉品、奶類 或 豆類，如果 這麼
yì tiān zhǐ néng chī gōngkè de ròupǐn nǎilèi huò dòulèi rúguǒ zhème

認爲，那誤會就大了！
rènwéi nà wùhuì jiù dà le

　　怎麼 說 呢？其實，一杯240 毫 升 的牛奶 中 ，只含有
zěnme shuō ne qíshí yì bēi háoshēng de niúnǎi zhōng zhǐhányǒu

7.7公克的蛋白質；而100 公克 的里肌肉也只含有 23 公克 的
gōngkè de dànbáizhí ér gōngkè de lǐjīròu yě zhǐhányǒu gōngkè de

蛋白質，所以 並 不是一 整 杯的牛奶或是 肉品 全 都是
dànbáizhí suǒyǐ bìng bú shì yì zhěng bēi de niúnǎi huòshì ròupǐn quán dōu shì

蛋白質。
dànbáizhí

　　若 要 精 確地 知道 蛋白質的 含 量 ，還必須閱讀食品
ruò yào jīngquè de zhīdào dànbáizhí de hánliàng hái bìxū yuèdú shípǐn

包 裝[15] 上 的營 養 標示[16]才是，也可以直接 請 營 養師[17]
bāozhuāng shàng de yíngyǎng biāoshì cái shì yě kěyǐ zhíjiē qǐng yíngyǎngshī

計算，然後再依照營 養 師 的建議[18]來攝取， 這 樣 才不會
jìsuàn ránhòu zài yīzhào yíngyǎngshī de jiànyì lái shèqǔ zhèyàng cái búhuì

產 生 食用 過多 或 不足的 情 形 。
chǎnshēng shíyòng guòduō huò bùzú de qíngxíng

總之，千萬不要以爲食用72公克的肉品，就等於
zǒngzhī　　qiānwàn bú yào yǐwéi shíyòng　　gōngkè de ròupǐn　jiù děngyú

攝取72公克的蛋白質，一定 要 詳細 估算[19] 才行。
shèqǔ　gōngkè de dànbáizhí　yídìng yào xiángxì gūsuàn　cáixíng

另外，林尙 輝 營 養 師 還特別提醒，若 是 跑友 想　讓
lìngwài　Línshànghuī yíngyǎngshī hái tèbié tíxǐng　ruò shì pǎoyǒu xiǎng ràng

身體 更 有 效 地恢復，或是 盡快 地消除 疲勞[20]的話，絕對
shēntǐ gèngyǒuxiào de huīfù　huòshì jìnkuài de xiāochú píláo　dehuà　juéduì

不 能 只是單 純 地攝取 蛋白質而已，一定 要配合攝取
bù néng zhǐ shì dānchún de shèqǔ dànbáizhí éryǐ　yídìng yào pèihé shèqǔ

碳水化合物[21] 才 行。
tànshuǐhuàhéwù　cái xíng

因爲，如果飲食 中 沒 有 加入 適量 的碳水化合物
yīnwèi　rúguǒ yǐnshí zhōng méiyǒu jiārù shìliàng de tànshuǐhuàhéwù

的話，便 無法刺激胰島素[22]的分泌[23]，少 了胰島素，不論是
dehuà　biàn wúfǎ cìjī yídǎosù de fēn mì　shǎo le yídǎosù　búlùn shì

肌肉的修補或是肌肉的 生 長 都會 受到 影 響。
jīròu de xiūbǔ huòshì jīròu de shēngzhǎng dōuhuì shòudào yǐngxiǎng

還有，林尙輝 營養 師 還提到，有 些 跑友 在 運 動
háiyǒu　Lín shànghuī yíngyǎngshī hái tídào　yǒu xiē pǎoyǒu zài yùndòng

一陣子之後，會 開始考慮購買 乳清 蛋白[24] 來 飲用。其實，
yízhènzi zhīhòu　huì kāishǐ kǎolǜ gòumǎi rǔqīng dànbái　lái yǐnyòng　qíshí

所有的乳清 蛋白 產品，都是爲了 方 便 外出時， 能 夠
suǒyǒu de rǔqīng dànbái chǎnpǐn dōu shì wèile fāngbiàn wàichū shí　nénggòu

迅速、簡單地補充 足量 的蛋白質 所設計的， 並 不是
xùnsù jiǎndān de bǔchōng zúliàng de dànbáizhí suǒ shèjì de bìng bú shì

日常 的飲品。
rìcháng de yǐnpǐn

也就是 說 ，如果跑友 在 生活 的飲食 中 ， 能 在
yě jiù shì shuō rúguǒ pǎoyǒu zài shēnghuó de yǐnshí zhōng néng zài

一般的 食物 中 攝取到 所需的蛋白質，那就不需要額外再
yìbān de shíwù zhōng shèqǔ dào suǒxū de dànbáizhí nà jiù bù xūyào éwài zài

購買乳清 蛋白 來飲用了。
gòumǎirǔqīng dànbái lái yǐnyòng le

事實 上 ，若 未達到 運 動 量 或 訓練[25] 量 的 強 度，
shìshí shàng ruò wèi dádào yùndòngliàng huò xùnliàn liàng de qiángdù

即使 補 充 再多的乳清蛋白 也不見得 有額外[26]的 幫 助 。
jíshǐ bǔchōng zài duō de rǔqīngdànbái yě bújiànde yǒu éwài de bāngzhù

最後，林尚 輝 營養師還說 ， 要 從日常 飲食 補 充
zuìhòu Línshànghuī yíngyǎngshī háishuō yào cóngrìcháng yǐnshí bǔchōng

足夠的蛋白質 並非 難事，例如： 瘦 牛肉、雞蛋及豆類製品[27]
zúgòu de dànbáizhí bìngfēi nánshì lìrú shòu niúròu jīdàn jí dòulèizhìpǐn

等 等 ，都 是 熱量[28]既低又 高蛋白 的食物。因此，營養師
děngděng dōu shì rèliàng jì dī yòu gāodànbái de shíwù yīncǐ yíngyǎngshī

建議跑友 ， 應該 針對自己的 生 活 型態[29]來 調 整 飲食的
jiànyì pǎoyǒu yīnggāi zhēnduì zìjǐ de shēnghuó xíngtài lái tiáozhěng yǐnshí de

內容 ， 這樣才 能 在 擁有 均 衡 營 養 及足夠 蛋白質的
nèiróng zhèyàng cái néngzài yōngyǒu jūnhéng yíngyǎng jí zúgòu dànbáizhí de

情 況 下，讓 肌肉越 訓練 越 展現 [30]肌耐力，而 能 跑得
qíngkuàng xià　　ràng jīròu yuè xùnliàn yuè zhǎnxiàn　　jīnàilì　　　ér néngpǎo de

既 快 又 遠，達到 最佳 狀 態。
jì kuài yòu yuǎn　　dádào zuì jiā zhuàngtài

生詞 shēngcí　Vocabulary

1.	健身	jiànshēn	GYM
2.	路跑	lùpǎo	road running
3.	全民運動	quánmín yùndòng	National Activity
4.	肌耐力	jīnàilì	Muscular Endurance
5.	肌肉	jīròu	muscle
6.	蛋白質	dànbáizhí	protein
7.	持久	chíjiǔ	endurance
8.	肌力	jīlì	Muscle Strength
9.	合成	héchéng	Synthesis
10.	補充	bǔchōng	replenish
11.	頻率	pínlǜ	frequency

12.	劇烈運動	jùliè yùndòng	strenuous exercise
13.	評估	pínggū	assesment
14.	攝取	shèqǔ	absorb
15.	食品包裝	shípǐn bāozhuāng	food packaging
16.	營養標示	yíngyǎng biāoshì	nutrition label
17.	營養師	yíngyǎngshī	Dietitian
18.	建議	jiànyì	suggest
19.	估算	gūsuàn	estimation
20.	疲勞	píláo	fatigue
21.	碳水化合物	tànshuǐhuàhéwù	carbohydrate
22.	胰島素	yídǎosù	insulin
23.	分泌	fēnmì	secretion
24.	乳清蛋白	rǔqīng dànbái	Whey Protein
25.	訓練	xùnliàn	training
26.	額外	éwài	extra
27.	豆類製品	dòulèi zhìpǐn	bean products
28.	熱量	rèliàng	calorie
29.	生活型態	shēnghuó xíngtài	lifestyle
30.	展現	zhǎnxiàn	show

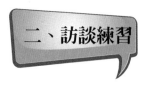

二、訪談練習

第一部分

請訪問你的同學，並寫下同學的回答。

1. 你喜歡哪種類型的運動？為什麼？

_____

_____

2. 你比較喜歡獨自運動還是和別人一起運動？為什麼？

_____

_____

3. 你覺得運動時應該注意哪些地方，才不會傷害到自己的身體？

_____

_____

4. 你覺得自己的飲食習慣健康嗎？

_____

_____

5. 你平常吃最多的東西是什麼？

_____

_____

第二部分

如果你有機會，能夠訪問一位營養師對於運動以及飲食的看法，你會準備哪些問題？請寫出五個你想問他的問題。

1. _____

2. _____

3. _____

4. _____

5. _____

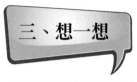

三、想一想

1. 請問，你平常最常吃的蛋白質食物有哪些？依你自己的評估，你所攝取的蛋白質食物是過多、過少，還是剛剛好？

_____

_____

2. 請問，你的國家最熱門的運動是什麼？你也喜歡那項運動嗎？你一星期大約花多少時間在運動上？

_____

_____

3. 你覺得什麼樣的人應該去請教營養師呢？你個人的飲食會參考營養師的意見嗎？為什麼？

_____

_____

4. 你覺得一個人一星期應該運動多久才恰當？另外，「運動量的強度」
   這個詞是什麼意思呢？

   _____

   _____

5. 運動後，需要補充蛋白質和碳水化合物，才能盡快消除疲勞、修復肌
   肉。然而，除了飲食之外，是否還有什麼方法可以讓人早點恢復精
   神，提升元氣的？

   _____

   _____

⑫ 降低失智風險，從你我開始改變
jiàngdī shīzhì fēngxiǎn　　cóng nǐ wǒ kāishǐ gǎibiàn

一、新聞稿

近 年 來，隨著 全 臺平均 年齡[1] 逐漸 攀升[2]，
jìn nián lái　suízhe quán Tái píngjūn niánlíng zhújiàn pānshēng

失 智 症[3] 人口 也跟著 增加，已然 成 爲 長期 照護[4] 不
shīzhìzhèng rénkǒu yě gēnzhe zēngjiā　yǐrán chéngwéi chángqí zhàohù bù

容忽視的 重 要 課題。
róng hūshì de zhòngyào kètí

「失智症」 常 被喻爲 沉默 的 殺手 或者 是 慢性[5]
shīzhìzhèng　cháng bèi yùwéi chénmò de shāshǒu huòzhě shì mànxìng

的毒藥，因爲只要一罹患[6]此 症 ，就只有惡化[7]的 命 運，
de dúyào　yīnwèi zhǐyào yì líhuàn cǐ zhèng　jiù zhǐyǒu èhuà de mìngyùn

因爲至今醫界 仍 未 研發出 有效 改善 失 智症 的 藥品[8]
yīnwèi zhìjīn yījiè réngwèi yánfā chū yǒuxiào gǎishàn shīzhìzhèng de yàopǐn

或 療法[9]。即便臺大醫學院 院士、 美國 麻 省 理工學 院
huò liáofǎ　jíbiàn Táidà yīxuéyuàn yuànshì　Měiguó Máshěng lǐgōngxuéyuàn

（MIT） 腦 神 經科學[10] 教授 王 心萍，在 上 週 發表了
nǎoshénjīng kēxué　jiàoshòu Wáng xīnpíng　zài shàngzhōu fābiǎo le

最新的研究結果， 宣 稱 找到了可阻斷 記憶[11] 喪失的新
zuì xīn de yánjiù jiéguǒ　xuānchēng zhǎodào le kě zǔduàn jìyì　sàngshī de xīn

療法，並表示此新發現 將 有助於幫 助 阿茲海默症[12] 患 者
liáofǎ　bìngbiǎoshì cǐ xīnfāxiàn jiāng yǒuzhù yú bāngzhù Āzīhǎimòzhèng huànzhě

重 拾記憶。但是，國內學者對此研究成 果 仍抱持
chóng shí jìyì　dànshì guó nèi xuézhě duì cǐ yánjiù chéngguǒ réng bàochí

觀望[13]的態度，並認爲 若要 抑制[14]失智或是 老化[15]的速度，
guānwàng de tàidù bìngrènwéi ruòyào yìzhì shīzhìhuòshì lǎohuà de sùdù

還是要 從日常 生活 做起，也就是 要 多 動腦 和 保持
háishì yào cóngrìcháng shēnghuó zuò qǐ yě jiù shì yào duō dòngnǎo hé bǎochí

身 心 健康。
shēnxīn jiànkāng

在失智症 浪潮 席捲 全球 之際，臺灣 也無可倖免[16]，
zàishīzhìzhèng làngcháo xíjuǎn quánqiú zhī jì Táiwān yě wú kě xìngmiǎn

失智人口一年比一年 多。根據今年 的統計，臺灣 的失智
zhīzhì rénkǒu yì nián bǐ yì nián duō gēnjù jīnnián de tǒngjì Táiwān de shīzhì

人口 已達到百分 之八，也就是 說 逾二十六萬人 有 失智的
rénkǒu yǐ dádào bǎifēn zhī bā yě jiùshì shuō yú èrshíliù wànrén yǒu shīzhì de

狀 況 。
zhuàngkuàng

面 對 這個驚人的數字， 監 察 院 [17] 督促[18]衛福部[19]，要
miànduì zhè ge jīngrén de shùzì Jiāncháyuàn dūcù Wèifúbù yào

衛福部 更 積極地作爲，以抵擋 這波失智海嘯。目前 衛福部
Wèifúbù gèng jījí de zuòwéi yǐ dǐdǎng zhè bō shīzhì hǎixiào mùqián Wèifúbù

的 重 點 目標 放在：提升失智症 者及其家庭的 生 活
de zhòngdiǎn mùbiāo fàngzài tíshēng shīzhìzhèng zhě jí qí jiātíng de shēnghuó

品質、並降低 失智症 對個體、群體、家庭及 整 個社會的
pǐnzhí bìng jiàngdī shīzhìzhèng duì gètǐ qúntǐ jiātíng jí zhěng ge shèhuì de

影 響 。
yǐngxiǎng

衛福部自民國108 年起，即將實施「失智 長 照 計
Wèifúbú zì mínguó nián qǐ jí jiāng shíshī shīzhì cháng zhào jì

畫」。然而，若依目前 照顧 失 智 症 病人 的看護[20] 人數來
huà ránér ruò yí mùqián zhàogù shīzhìzhèng bìngrén de kànhù rénshù lái

看，人力[21]明顯 不足，要落實「失智 長 照計畫」確實 有
kàn rénlì míngxiǎn bù zú yào luòshí shīzhì cháng zhào jìhuà quèshí yǒu

點 困難。
diǎn kùnnán

此外，一般的 社會團體 對失 智 症 也了解不多， 更
cǐwài yìbān de shèhuì tuántǐ duì shīzhìzhèng yě liǎojiě bù duō gèng

遑 論[22] 提供 相 關 的福利照護。
huánglùn tígōng xiāngguān de fúlì zhàohù

就目前 的 狀 況 而言， 整 個社會 環 境 對
jiù mùqián de zhuàngkuàng ér yán zhěng ge shèhuì huánjìng duì

於失 智 症 患 者可以 說 是 相 當 不友善 的，還做
yú shīzhìzhèng huànzhě kěyǐ shuō shì xiāngdāng bù yǒushàn de hái zuò

不到「認識他、找到他、 關 懷 他、 照顧他」的有 效
bú dào rènshì tā zhǎodào tā guānhuái tā zhàogù tā de yǒuxiào

照護。 正 因 整體 的配套[23] 尚 未 完備，因此目前 仍有
zhàohù zhèng yīn zhěngtǐ de pèitào shàngwèi wánbèi yīncǐ mùqián réngyǒu

許多 病 患 未被 診 斷[24] 出來，而被 確 診[25]的患 者，也多
xǔduō bìnghuàn wèibèi zhěnduàn chūlái ér bèi quèzhěn de huànzhě yě duō

因 社區 照護機構[26]的缺乏，或是醫療設施的不足，以致於沒
yīn shèqū zhàohù jīgòu de quēfá huòshì yīliáo shèshī de bù zú yǐzhìyú méi

有 申 請 長期照護。
yǒu shēnqǐng chángqí zhàohù

截至目前 爲止，阿茲海默症 雖然還 沒有 發現 有效 的
jiézhì mùqián wéizhǐ　 Āzīhǎimòzhèng suīrán hái méiyǒu fāxiàn yǒuxiào de

臨 床 治療[27]，但是日前阿茲海默症國際會議（Alzheimer's
línchuáng zhìliáo　　 dànshì rìqián Āzīhǎimòzhèng guójì huìyì

Association International Conference）有篇 報告 指出：「雖然
yǒupiān bàogào zhǐchū　　 suīrán

無法有 效預防罹患阿茲海默症，但 若 能 從 兒童時期 開
wúfǎ yǒuxiào yùfáng líhuàn Āzīhǎimòzhèng　 dàn ruò néng cóng értóng shíqí kāi

始，便遠離 九 項 容易 致病 的 生 活 習慣 或疾病的話，
shǐ biàn yuǎnlí jiǔ xiàng róngyì zhìbìng de shēnghuó xíguàn huò jíbìng dehuà

那麼 就有可能 延遲[28]，甚至 避免 失智症 的病發。」
nàme jiù yǒukěnéng yánchí　 shènzhì bìmiǎn shīzhìzhèng de bìngfā

這九 項 風險[29] 包括 了：人際疏離[30]、抽菸、憂鬱[31]、
zhèjiǔ xiàng fēngxiǎn bāokuò le　 rénjì shūlí　 chōuyān　 yōuyù

運 動 量 不足、未 完 成 中 等 教育[32]、中 年 聽力 喪
yùndòng liàng bùzú wèi wánchéng zhōngděng jiàoyù　 zhōngnián tīnglì sàng

失[33]、高血壓[34]、第二型 糖 尿 病[35] 及肥胖[36]。
shī　 gāoxiěyā　 dì èr xíng tángniàobìng jí féipàng

研究 人員 表示，若 能 成 功 避免這九 項 生 活
yánjiù rényuán biǎoshì ruò néng chénggōng bìmiǎn zhèjiǔ xiàng shēnghuó

習慣及疾病的發生， 至 少 能 防止 全 世界約 三分之一
xíguàn jí jíbìng de fāshēng zhìshǎo néng fángzhǐ quán shìjiè yuē sānfēn zhī yī

失智症的發生。
shīzhìzhèng de fāshēng

　　最後，值得一提的是，目前 國內 失智症 照顧的
　　zuìhòu　　zhídé yì tí de shì　　mùqián guónèi shīzhìzhèng zhàogù de

資源 及看護或許 仍 顯不足，但是，在 政府力推「長 照
zīyuán　jí kànhù huòxǔ réng xiǎn bùzú　　dànshì　　zài zhèngfǔ lì tuī chángzhào

3.0計畫」之下，情況 應該會 逐漸 改善。因此，有需要的
　jìhuà　　zhīxià qíngkuàng yīnggāi huì zhújiàn gǎishàn　　yīncǐ　　yǒu xūyào de

民 眾 仍 可 向 政府 單位 提出 申請，以免 孤軍奮戰 [37]，
mínzhòng réng kě xiàngzhèngfǔ dānwèi tíchū shēnqǐng　yǐmiǎn gū jūnfènzhàn

更 喪失了公民 的權利。
gèng sàngshī le gōngmín de quánlì

新聞來源

1. 預防阿茲海默症，研究指改變生活習慣就可以（科技新報）
2. 部分生活習慣的改變可能與較低失智症風險有關（華人健康網）
3. 失智症9大風險，聽力不好上榜！（中央通訊社）
4. 健康的生活方式能降低患上失智症的風險（名醫網）
5. 對抗失智症這9大風險要注意（大紀元）
6. 避開9危險因子可能有助延遲失智（聯合新聞網）

生詞
shēngcí

Vocabulary

1.	平均年齡	píngjūn niánlíng	average age
2.	攀升	pānshēng	rise
3.	失智症	shīzhìzhèng	dementia
4.	長期照護（長照）	chángqí zhàohù	long-term care
5.	慢性	mànxìng	chronic
6.	罹患	líhuàn	to suffer
7.	惡化	èhuà	to deteriorate
8.	藥品	yàopǐn	medicine
9.	療法	liáofǎ	therapy
10.	腦神經科學	nǎoshénjīng kēxué	Neurology
11.	記憶	jìyì	memory
12.	阿茲海默症	Āzīhǎimòzhèng	Alzheimer's disease
13.	觀望	guānwàng	to wait and see
14.	抑制	yìzhì	to restrain
15.	老化	lǎohuà	aging
16.	倖免	xìngmiǎn	to escape

17.	監察院	Jiāncháyuàn	The Control Yuan
18.	督促	dūcù	to urge; to press
19.	衛福部	Wèifúbù	Ministry of Health and Welfare
20.	看護	kānhù	caregiver
21.	人力	rénlì	human resource
22.	遑論	huánglùn	not to mention
23.	配套	pèitào	ancillary facility
24.	診斷	zhěnduàn	to diagnose
25.	確診	quèzhěn	to confirm diagnosis
26.	機構	jīgòu	institute
27.	臨床治療	línchuáng zhìliáo	clinical treatment
28.	延遲	yánchí	to defer
29.	風險	fēngxiǎn	risk
30.	人際疏離	rénjì shūlí	interpersonal alienation
31.	憂鬱	yōuyù	melancholy
32.	中等教育	zhōngděng jiàoyù	secondary education
33.	聽力喪失	tīnglì sàngshī	hearing loss
34.	高血壓	gāoxiěyā	hypertension
35.	糖尿病	tángniàobìng	diabetes
36.	肥胖	féipàng	obesity

37.	孤軍奮戰	gūjūn fènzhàn	to fight on one's own

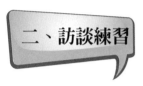

二、訪談練習

第一部分

請訪問你的同學，並寫下同學的回答。

1. 當你老的時候，你希望家人或子女怎麼照顧你？

_____

_____

2. 你會願意住進養老院嗎？為什麼？

_____

_____

3. 在你的國家，人口老化嚴重嗎？

_____

_____

4. 人口老化會衍生出哪些問題？

_____

_____

5.你覺得應該怎麼解決那些問題？

_____

_____

第二部分

如果你有機會，能夠訪問一位專門研究失智症的醫生，你會準備哪些問題？請寫出五個你想問他的問題。

1. _____

2. _____

3. _____

4. _____

5. _____

三、想一想

1. 請問，人口老化與失智症有什麼關係？

_____

_____

2. 請問，罹患失智症的人會從最近的事開始遺忘，還是從久遠的事開始
   遺忘？為什麼？

   _____

   _____

3. 《我想念我自己》、《明日的記憶》及《被遺忘的時光》等書籍或電
   影都是以失智症為題，來敘述患者的心路歷程。試問，你如果得到了
   失智症，你會怎麼做？

   _____

   _____

4. 如果有一天，你最愛的家人得到了阿茲海默症，你會怎麼照顧他？

   _____

   _____

5. 如果家人的症狀變得很嚴重,你會把他留在家裡照顧,還是會送去專門的照顧機構呢?為什麼?

_____

_____

⑬ 菸槍 必知！電子菸危害不亞於
yānqiāng bì zhī　diànzǐ yān wéihài bùyǎyú
紙菸
zhǐyān

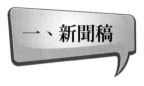

《菸害防制法[1]》實施[2]至今已滿二十年， 成 效
Yānhài fángzhì fǎ　　shíshī　zhìjīn yǐ mǎn èrshí nián　　chéngxiào

顯著，國內整體的吸菸[3]率確實有下降 的趨勢[4]。然而，
xiǎnzhù　　guónèi zhěngtǐ de xīyān　lǜ quèshí yǒu xiàjiàng　de qūshì　　ránér

令人憂心 的是，近年來電子菸[5] 的購買 率直直攀 升；而
lìngrén yōuxīn de shì　jìnniánlái diànzǐyān　de gòumǎi　lǜ zhízhí pānshēng　　ér

當 中 青少年 的購買率竟然 就占了百分之八十五。
dāngzhōng qīngshàonián de gòumǎi lǜ jìngrán jiù zhàn le　bǎifēnzhī bāshíwǔ

根據2016年的 調查數據 顯示， 成 年 人 吸食 電子菸的比例
gēnjù　　nián de diàochá shùjù xiǎnshì　　chéngniánrén xīshí diànzǐyān de bǐlì

爲0.9%， 高 中 生 及 國 中 生 分別是4.1%及3%。 按照
wéi　　gāozhōngshēng jí guózhōngshēng fēnbié shì　　jí　　ànzhào

使用 比例的 成 長 ，估計在不久的將來，電子菸 便 會
shǐyòng　bǐlì de chéngzhǎng　gūjì zài bù jiǔ de jiānglái　diànzǐyān biàn huì

取代紙菸，就此， 相 關 單位 應該積極介入[6]才是。
qǔdài zhǐyān　jiù cǐ　xiāngguān dānwèi yīnggāi jījí jièrù cái shì

一般人以爲， 電子菸 對人體的危害[7]較 紙菸來得
yìbānrén　yǐwéi　　diànzǐyān　duì réntǐ de wéihài jiào zhǐyān láide

低， 並 以電子菸 來戒菸[8]。對此，衛福部 健康 教育及菸害
dī　bìng yǐ diànzǐyān　lái jièyān　　duì cǐ　Wèifúbù jiànkāng jiàoyù jí yānhài

防 制 組組長 王 敬 輝 表示， 目前 尚 未 有足夠 的
fángzhì zǔ zǔzhǎng Wángjìnghuī biǎoshì　　mùqián shàngwèi yǒu zúgòu de

149

臨 床 實驗[9] 證 明 電子菸 有助於 戒菸。 相 反 的，食藥署[10]
línchuáng shíyàn zhèngmíng diànzǐyān yǒuzhùyú jièyān　xiāngfǎn de　Shíyàoshǔ

去年 化驗[11]了超 過 5,000 件的電子菸，結果發現，近 八 成
qùnián huàyàn le chāoguò　jiàn de diànzǐyān　jiéguǒ fāxiàn　jìn bāchéng

的電子菸液都含有高達九 成 的具 成 癮性[12]尼古丁[13]。
de diànzǐyānyè dōuhányǒugāo dá jiǔ chéng de jù chéng yǐnxìng　nígǔdīng

據美國哈佛 公 衛 院 於2015年的研究 發現，即使不含
jù Měiguó Hāfó Gōngwèiyuàn yú　nián de yánjiù fāxiàn　jíshǐ bù hán

尼古丁，電子菸液也還是有 傷 害 呼吸道[14]的風 險 。
nígǔdīng　diànzǐyānyè yě háishìyǒu shānghài hūxīdào de fēngxiǎn

在美國 常 見 的市售 電子菸液 中 ，大約 有75%的
zài Měiguó chángjiàn de shìshòu diànzǐyānyè zhōng　dàyuē yǒu　de

可 能 會導致阻塞性細支氣管炎[15]。 韓 國 在2014年， 曾 對近
kěnéng huìdǎozhì zǔsèxìng xìzhīqìguǎn yán　Hánguó zài　nián céng duìjìn

4萬7,500 名 高 中 學 生 進行 健康 調查；據該 調查的
wàn　míng gāozhōng xuéshēng jìnxíng jiànkāng diàochá　jù gāi diàochá de

結果顯示， 高 中 生 使用 電子菸 的頻率越 高， 氣喘
jiéguǒ xiǎnshì　gāozhōngshēng shǐyòng diànzǐyān de pínglǜ yuè gāo　qìchuǎn

病 [16]發率也越 高，而缺課[17]率也跟著 明 顯 增加。
bìng　fā lǜ yě yuè gāo　ér quēkè lǜ yě gēnzhe míngxiǎn zēngjiā

除此之外， 美 國 心 臟 協會 也 曾 發表 關於 電子菸的
chú cǐ zhīwài　Měiguó xīnzàng xiéhuì yě céng fābiǎo guānyú diànzǐyān de

研究，該研究 指出， 經 常 吸食電子菸的人，其腦 中 的
yánjiù　gāi yánjiù zhǐchū　jīngcháng xīshí diànzǐyān de rén　qí nǎo zhōng de

葡萄糖[18]含量會減少，而凝血因子[19]也會被破壞，甚至還會提高罹患腦中風[20]及腦出血[21]的比例。而衛福部也曾提醒民眾，不少戒菸者想藉由電子菸來改善心臟功能，實際上，電子菸非但無法改善心臟功能，反而還會提高心臟疾病的風險。

因為吸食電子菸會提升交感神經[22]的活性[23]、增加腎上腺素[24]的濃度、還會使心跳[25]速度加快，誘使心臟病發作。

綜合上述，電子菸對人體的傷害可以說比紙菸更甚。其實，電子菸的原理乃是加熱[26]液體[27]尼古丁，使它形成水蒸氣[28]，讓人有吸食紙菸的錯覺。如果單純考量肺癌[29]的罹患機率[30]，電子菸當然是比傳統紙菸安全

得 多 。但是 不論是紙菸 或電子菸，都含有尼古丁，都 會
de duō　dànshì búlùn shì zhǐyān huò diànzǐyān　dōu hányǒu nígǔdīng　dōu huì

對 身體 造成 一定 程度 的傷害 。 兩者 的差別 在於，
duì shēntǐ zàochéng yídìng chéngdù de shānghài　liǎngzhě de chābié zàiyú

電子菸 可能 會 增加 癌症 與 心 臟疾病 的罹患率，而紙菸則
diànzǐyān kěnéng huì zēngjiā áizhèng yǔ xīnzàng jíbìng de líhuàn　ér zhǐyān zé

會 導致 心 臟疾病及呼吸道損害[31]。
huì dǎozhì xīnzàng jíbīng jí hūxīdào sǔnhài

　　因此，戒菸 並 保持 正 常 的生 活 作息，才是保護
yīncǐ　jièyān bìng bǎochí zhèngcháng de shēnghuó zuòxí　cái shì bǎohù

身體 健 康 的 上 上 策[32]。
shēntǐ jiànkāng de shàngshàngcè

新聞來源

1. 電子菸對人有的危害嗎 危害不比香菸小（壹讀）

2. 電子菸危害大！約8成含尼古丁成分（TVBS News）

3. 研究發現抽電子菸和香菸一樣有害（大紀元）

4. 電子菸危害證據漸明確 菸害防制法修正草案叩關政院（聯合新聞
   網）

生詞 shēngcí Vocabulary

1.	菸害防制法	Yānhài fángzhì fǎ	Tobacco Hazards Prevention Act
2.	實施	shíshī	to implement
3.	吸菸	xīyān	to smoke
4.	趨勢	qūshì	trend
5.	電子菸	diànzǐyān	e-cigarette; vape
6.	介入	jièrù	to interfere
7.	危害	wéihài	harm
8.	戒菸	jièyān	to quit smoking
9.	臨床實驗	línchuáng shíyàn	clinical experiment
10.	食藥署（食品藥物管理署）	Shíyàoshǔ Shí (pǐn yàowù guǎnlǐ shǔ)	Food and Drug Administration
11.	化驗	huàyàn	to assay
12.	成癮性	chéngyǐnxìng	addictive
13.	尼古丁	nígǔdīng	Nicotine
14.	呼吸道	hūxīdào	respiratory tract

15.	阻塞性細支氣管炎	zǔsè xìng xìzhī qìguǎn yán	bronchiolitis obliterans
16.	氣喘病	qìchuǎnbìng	asthma
17.	缺課	quēkè	absence from school
18.	葡萄糖	pútáotáng	glucose
19.	凝血因子	níngxiě yīnzǐ	coagulation factor
20.	腦中風	nǎozhòngfēng	stroke
21.	腦出血	nǎochūxiě	cerebral hemorrhage
22.	交感神經	jiāogǎn shénjīng	sympathicus
23.	活性	huóxìng	activity
24.	腎上腺素	shènshàngxiànsù	adrenaline
25.	心跳	xīntiào	heartbeat
26.	加熱	jiārè	to heat
27.	液體	yètǐ	liquid
28.	水蒸氣	shuǐzhēngqì	vapor
29.	肺癌	fèiái	lung cancer
30.	罹患率	líhuàn lǜ	attack rate
31.	損害	sǔnhài	impairment
32.	上上策	shàngshàngcè	the best plan

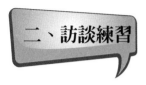

二、訪談練習

第一部分

請訪問你的同學，並寫下同學的回答。

1. 你覺得電子菸真的能幫助人們戒菸嗎？為什麼？

_____

_____

2. 你對於二手菸有什麼看法？

_____

_____

3. 當你看到別人在禁菸的地方抽菸，你會上前制止嗎？

_____

_____

新聞華語
xīnwén huáyǔ

4. 如果你的家人抽菸，你會如何幫他戒菸呢？

_____

_____

5. 請問，除了抽菸以外，你覺得還有什麼行為，是會傷害自己和他人的
   健康的？

_____

_____

第二部分

如果你有機會，能夠訪問一位老菸槍，你會準備哪些問題？請寫出五個你想問他的問題。

1. _____

2. _____

3. _____

4. _____

5. _____

三、想一想

1. 請問，你身邊有人抽菸嗎？你介不介意二手菸？

_____

_____

2. 對於想戒菸的人，你能給他們什麼建議呢？

_____

_____

3. 在你的國家，買菸有沒有年齡限制？

_____

_____

4. 請問，你看過香菸上的警告標語嗎？

_____

_____

5. 如果你看到有人在嬰兒面前抽菸，你會不會上前勸阻，叫他不要抽菸呢？你會怎麼跟他說呢？

_____

_____

寵物 胖胖 的才可愛？ 小心肥胖
chǒngwù pàngpàng de cái kěài xiǎoxīn féipàng

疾病 找 上 門
jíbìng zhǎo shàng mén

一、新聞稿

許多飼主[1]都認爲把寵物[2]養得圓滾滾[3]的，不只看
xǔduō sìzhǔ dōu rènwéi bǎ chǒngwù yǎng de yuángǔngǔn de bùzhǐ kàn

起來「可愛」，同時也體現了主人對「萌寵」的關愛[4]。
qǐlái kěài tóngshí yě tǐxiàn le zhǔrénduì méngchǒng de guānài

但根據美國寵物肥胖預防協會（APOP）指出，如果
dàn gēnjù Měiguó Chǒngwù féipàng yùfáng xiéhuì zhǐchū rúguǒ

把寵物跟人類的體重進行換算，那麼一隻 5 公斤的
bǎ chǒngwù gēnrén lèi de tǐ zhòng jìn xíng huànsuàn nà me yì zhī gōng jīn de

貓就等同於80公斤的成年人。
māo jiù děng tóng yú gōng jīn de chéngniánrén

80 公斤，對於一個成年人來說，已然是過胖[5]的狀
gōngjīn duì yú yí ge chéngniánrén lái shuō yǐ ránshì guò pàng de zhuàng

態，同樣的，5 公斤對於一隻貓來說，也是過胖的情
tài tóngyàng de gōng jīn duì yú yì zhīmāo lái shuō yě shì guòpàng de qíng

形。
xíng

當寵物過度肥胖時，必然會衍生[6]出許多健
dāng chǒng wù guò dù féi pàng shí bì rán huì yǎn shēn chū xǔ duō jiàn

康上的問題，飼主千萬不可輕忽[7]！
kāng shàng de wèn tí sì zhǔqiānwàn bù kě qīng hū

保持輕盈[8]、纖細[9]的體態是現在的主流[10]趨勢。但在
bǎochí qīngyíng xiānxì de tǐtài shì xiànzài de zhǔliú qūshì dàn zài

注意自己的身材，努力控制飲食、上健身房塑身[11]的
zhùyì zìjǐ de shēncái　nǔlì kòngzhì yǐnshí　shàng jiànshēnfáng sùshēn de

同時，我們卻忽略了自家圓滾滾的「毛小孩」，不知不覺
tóngshí wǒmen què hūlüè le zìjiā yuángǔngǔn de máoxiǎohái bù zhī bù jué

間就把牠們養得過胖了。
jiān jiù bǎ tāmen yǎng de guòpàng le

　　根據美國寵物食品協會（PFI, Pet Food Institute）今年
gējù Měiguó Chǒngwù shípǐn xiéhuì　　　　　　　　　　　　jīnnián

7月的調查，高達六成的貓狗實際體重大於標準
yuè de diàochá　gāodá liù chéng de māogǒu shíjì tǐzhòng dàyú biāozhǔn

體重[12]，有減肥[13]的必要。而有近三成的貓咪，體脂肪
tǐzhòng　　yǒu jiǎnféi de bìyào　ér yǒu jìn sān chéng de māomī tǐzhīfáng

竟高達36%以上，屬中高度風險等級。
jìng gāodá　yǐshàng　shǔzhōng gāodù fēngxiǎn děngjí

　　然而，令人驚訝的是，超過五成的飼主並不
ránér　lìng rén jīngyà de shì　chāoguò wǔ chéng de sìzhǔ bìng bú

認為自己的寵物有肥胖的問題；甚至有近一成的
rènwéi zìjǐ de chǒngwù yǒu féipàng de wèntí　shènzhì yǒu jìn yì chéng de

飼主完全不清楚自家寵物是否肥胖。而那些知道自家
sìzhǔ wánquán bù qīngchǔ zìjiā chǒngwù shìfǒu féipàng　ér nàxiē zhīdào zìjiā

寵物過重的飼主，很多都是抱持著「圓滾滾的比較
chǒngwù guòzhòng de sìzhǔ　hěnduō dōu shì bàochízhe　yuángǔngǔn de bǐjiào

可愛」或是「要寵物減肥很困難」的消極[14]想法，並
kěài　huòshì　yào chǒngwù jiǎnféi hěn kùnnán de xiāojí xiǎngfǎ　bìng

沒有 想要 尋求 解決的方法。
méiyǒu xiǎngyào xúnqiú jiějué de fāngfǎ

由此可知，飼主對 毛小孩 是否肥胖 並不了解， 甚 至
yóu cǐ kě zhī　sìzhǔ duì máoxiǎohái shìfǒuféipàng bìng bù liǎojiě　shènzhì

輕忽了寵物 肥胖 的 嚴 重 性[15]。
qīnghū le chǒngwù féipàng de yánzhòng xìng

開心動 物 醫院 院 長 表示， 寵 物 肥胖 與否可以
Kāixīn dòngwù yīyuàn yuànzhǎng biǎoshì　chǒngwù féipàng yǔfǒu kěyǐ

說 取決於飼主對 肥胖 的 認知[16]。一般而言，飼主多 認爲
shuō qǔjuéyú sìzhǔ duì féipàng de rènzhī　yìbān éryán　sìzhǔ duō rènwéi

「胖嘟嘟」的 寵 物 比較可愛，比較吸引人，因此， 常 會
pàngdūdū　de chǒngwù bǐjiào kěài　bǐjiào xīyǐn rén　yīncǐ cháng huì

忽視 寵 物 肥胖 的問題，而毫無自覺[17]。根據 寵 物 肥胖
hūshì chǒngwù féipàng de wèntí　ér háowú zìjué　gēnjù Chǒngwù féipàng

預防 協會的計算，36公斤的 黃 金 獵犬[18]與5公斤 的家貓，
yùfang xiéhuì de jìsuàn　gōngjīn de Huángjīn lièquǎn yǔ　gōngjīn de jiāmāo

兩 者 換 算 下來都約略 等 同 一位80公斤、體格一般的
liǎngzhě huànsuàn xiàlái dōuyuēlüè děngtóng yí wèi　gongjīn　tǐgé yìbān de

成 年 女性。
chéngnián nǔxìng

80 公 斤 對於一般人而言，已經到了需要 進行體重管理[19]
gōngjīn duìyú yìbānrén éryán　yǐjīngdào le xūyào jìnxíngtǐzhòng guǎnlǐ

的程度， 更何況是 寵 物 。 寵 物 只要 一 肥胖， 就
de chéngdù　gènghékuàng shì chǒngwù　chǒngwù zhǐyào yì féipàng　jiù

會罹患 慢 性 病[20]。例如：罹患脂肪肝[21]、 糖 尿 病[22]及
huì líhuàn mànxìngbìng　　lìrú　　líhuàn zhīfánggān　　tángniàobìng　jí

關 節 炎[23]等 等 ，實在 不容 忽視。除此之外， 當 寵 物
guānjiéyán　děngděng　shízài bùróng hūshì　chú cǐ zhīwài　dāng chǒngwù

的 體型[24]越 來越 大時， 所需要的 氧 氣 量[25]必然也會
de tǐxíng　yù lái yù dà shí　suǒ xūyào de yǎngqìliàng　bìrán yě huì

增加， 長 期 下來必定會對呼吸系統[26]造 成 負擔，若持續不
zēngjiā　chángqí xiàlái bìdìng huìduì hūxī xìtǒng zàochéng fùdān　ruò chíxù bú

做 任何 改善， 將 會損害[27]呼吸循 環 系統。
zuò rènhé gǎishàn　jiāng huìsǔnhài hūjī xúnhuán xìtǒng

　　因此，飼主 平 常 應該 慎 重 地看待 寵 物 肥胖 的
　　yīncǐ　sìzhǔ píngcháng yīnggāi shènzhòng de kàndài chǒngwù féipàng de

問題，除了定期帶心愛的 寵 物 外出 運動 、計算 好 寵 物
wèntí　　chúle dìngqídài xīnài de chǒngwù wàichū yùndòng　jìsuàn hǎo chǒngwù

一日的攝食量[28]並 固定 時間 供 餐 外， 更 要 戒掉 寵 物
yí rì de shèshíliàng　bìng gùdìng shíjiān gōngcān wài　gèng yào jièdiào chǒngwù

一撒嬌[29]就 亂餵 人類食物的 壞習慣。
yì sājiāo　jiù luànwèi rénlèi shíwù de huàixíguàn

　　若 能 做到 上 述 幾點，才是愛護[30]自家「毛 小孩[31]」的
　　ruò néng zuòdào shàngshù jǐ diǎn　cáishì àihù　zìjiā　máoxiǎohái　de

好 表 現 。
hǎobiǎoxiàn

新聞來源

1. 寵物體重大調查　臺灣6成貓狗過胖（台灣動物新聞網）
2. 別說胖胖很可愛！貓5kg＝女80kg 6成寵物該減肥（TVBS News）
3. 貓5公斤＝女80公斤？台6成寵物需減肥…別說胖胖很可愛（東森健康雲）
4. 當貓胖成球時，可愛是可愛，但卻對貓有致命傷（每日頭條）
5. 「阿嬤養的」好可愛？寵物「胖成球」易患糖尿病、關節炎（東森寵物雲）

生詞 shēngcí　Vocabulary

1.	飼主	sìzhǔ	owner
2.	寵物	chǒngwù	pet
3.	圓滾滾	yuángǔngǔn	round
4.	關愛	guānài	affection
5.	過胖	guòpàng	overweight
6.	衍生	yǎnshēng	to derive
7.	輕忽	qīnghū	to neglect
8.	輕盈	qīngyíng	lithe

9.	纖細	xiānxì	slim
10.	主流	zhǔliú	mainstream
11.	塑身	sùshēn	to get in shape
12.	標準體重	biāozhǔn tǐzhòng	standard body weight
13.	減肥	jiǎnféi	to lose weight
14.	消極	xiāojí	passive
15.	嚴重性	yánzhòng xìng	seriousness
16.	認知	rènzhī	cognition
17.	毫無自覺	háo wú zìjué	unconscious; know nothing
18.	黃金獵犬	Huángjīn lièquǎn	Golden Retriever
19.	體重管理	tǐzhòng guǎnlǐ	weight management
20.	慢性病	mànxìngbìng	chronic disease
21.	脂肪肝	zhīfánggān	fatty liver disease
22.	糖尿病	tángniàobìng	diabetes
23.	關節炎	guānjiéyán	arthritis
24.	體型	tǐxíng	figure
25.	氧氣量	yǎngqìliàng	amount of oxygen
26.	呼吸系統	hūxī xìtǒng	respiratory system
27.	損害	sǔnhài	to impair
28.	攝食量	shèshíliàng	intake

29.	撒嬌	sājiāo	to affectionate; to butter someone up
30.	愛護	àihù	to care
31.	毛小孩	máoxiǎohái	furkid

二、訪談練習

第一部分

請訪問你的同學,並寫下同學的回答。

1. 請問,在你的國家,哪種寵物最受歡迎?為什麼?

_____

_____

2. 另外,在你的國家,哪種寵物最不受歡迎?為什麼?

_____

_____

3. 你想養寵物嗎？想養什麼？

_____

_____

4. 你的國家如何處理流浪狗的問題呢？

_____

_____

5. 你覺得自己胖不胖？健不健康？

_____

_____

第二部分

如果你有機會，能夠訪問一位有寵物的朋友，你會準備哪些問題？請寫出五個你想問他的問題。

1. _____

2. _____

3. _____

4. _____

5. _____

三、想一想

1. 請問，在你的國家，民眾最喜歡飼養什麼寵物？為什麼？

_____

_____

2. 為什麼人們普遍認為寵物胖胖的比較可愛？

_____

_____

3. 如果是你，你會怎麼幫寵物減肥呢？

_____

_____

4. 你覺得為什麼貓、狗會成為大家最喜愛的寵物，而不是雞、鴨呢？

_____

_____

5. 請分享你養寵物的經驗。如果你沒養過寵物，請說說你身邊朋友的經
   驗，他們有沒有養過比較特別的寵物？

_____

_____

15 近五 萬 名 加州 州立 大學 學生
jìn wǔ wàn míng Jiāzhōu zhōulì dàxué xuéshēng
竟 無家可歸
jìng wú jiā kě guī

一、新聞稿

加州 州立大學系統（CSU）是 美國 最大公立[1]大學， 全
Jiāzhōu zhōulì dàxué xìtǒng　　　　　shì Měiguó zuì dà gōnglì dàxué　　quán

加州 共 有23個校區[2]，學生 總共 有46萬多人。然而今
Jiāzhōu gòng yǒu　ge xiàoqū　xuéshēng zǒnggòng yǒu　　wànduōrén　ránér jīn

年（2017）出爐[3]了一份 令人驚訝 的報告，就報告 的數據[4]
nián　　　　　chūlú　le yí fèn lìngrén jīngyà de bàogào　jiù bàogào de shùjù

可知，在CSU就讀的 學生，約有 十分之一無家可歸[5]，五分
kě zhī　zài　jiùdú de xuéshēng　yuēyǒu shífēnzhī yī wú jiā kě guī　wǔfēn

之一的 學生 三餐不繼[6]。該 報告的研究 發現，在
zhī yī de　xuéshēng sān cān bújì　gāi bàogào de yánjiù　fāxiàn　zài

CSU 校園 中，大約十個人 當中 就有一個學生居無
　　　xiàoyuán zhōng　dàyuē shí ge rén dāngzhōng jiù yǒu yí ge xuéshēng jū wú

定所[7]；兩個學生 三餐無法獲得 保障[8]。
dìng suǒ　liǎng ge xuéshēng sāncān wúfǎ huòdé bǎozhàng

　　　許多人 對於這 份報告 的結果感到 相當 震驚[9]，因
xǔduōrén duìyú zhè fènbàogào de jiéguǒ gǎndào xiāngdāng zhènjīng　　yīn

爲 加州 在2015年的 生產 總值（GDP）已超 過了法國，
wèi Jiāzhōu zài　　nián de shēngchǎn zǒngzhí　　yǐ chāoguò le Fǎguó

成 爲 全球第六大經濟體[10]。但實際 上 ， 加州亮麗[11]的
chéng wéi quánqiú dì liù dà jīngjìtǐ　dàn shíjì shàng　Jiāzhōu liànglì de

生產 總值，只 集中 在矽谷，在那裡，齊聚了世界各地的
shēngchǎn zǒngzhí zhǐ jízhōng zài Xìgǔ　zài nàlǐ　qíjù le shìjiè gè dì de

菁 英 [12]，他們個個就職於高科技公司，收入 優渥 [13]，坐 擁
jīngyīng　　　　tāmen gègè jiùzhí yú gāokējì gōngsī　shōurù yōuwò　　zuò yǒng

豪 宅 [14]。與矽谷 相 距 約160公里的地方，卻 是個不折不扣
háozhái　　　yǔ Xìgǔ xiāng jù yuē　　gōnglǐ de dìfāng　　què shì ge bùzhé búkòu

的 農業地區，那裡的居民過著與矽谷的菁 英 們 天 壤 之
de nóngyè dìqū　　　nàlǐ de jūmín guòzhe yǔ Xìgǔ de jīngyīng men tiānrǎng zhī

別 [15]的 生 活 。該地區的居民有近四 成 的人連 高 中 都沒
bié de shēnghuó　　gāi dìqū de jūmín yǒu jìn sì chéng de rénlián gāozhōng dōuméi

畢業，領著與 美 國 貧困 [16] 水 平 相 當 的 微薄薪水。而
bìyè　　lǐngzhe yǔ Měiguó pínkùn　shuǐpíng xiāngdāng de wéibó xīnshuǐ　　ér

這也 正 是爲什麼CUS校園 中 依然有 無數貧困學子飢腸
zhè yě zhèng shì wèishénme　　xiàoyuán zhōng yīrán yǒu wúshùpínkùn xuézǐ jīcháng

轆轆 [17]、流落街頭的原因 。
lùlù　　　liúluò jiētóu de yuányīn

　　　　一位無家可歸 的女學 生 說 ，學校宿舍 [18] 主管以「對
yí wèi wú jiā kě guī de nǔ xuéshēng shuō　　xuéxiào sùshè　zhǔguǎn yǐ　duì

其他學 生不公 平 」爲 由，拒絕她免費 或以較 低費用
qítā xuéshēng bù gōngpíng　wéi yóu　jùjué tā miǎnfèi huò yǐ jiào dī fèiyòng

入住宿舍 的請求，該 主管 表示：「如果 讓妳住進宿舍，
rùzhù sùshè de qǐngqiú　gāi zhǔguǎn biǎoshì　　rúguǒ ràng nǐ zhùjìn sùshè

就得允許 每一個人住進來。」有些 教 授 會在不公開 的
jiù děi yǔnxǔ měi yí ge rénzhù jìnlái　　yǒuxiē jiàoshòu huìzài bù gōngkāi de

情 況 下，提供錢 或食物給修自己課的貧困 學 生 ，
qíngkuàng xià　tígōng qián huò shíwù gěi xiū zìjǐ kè de pínkùn xuéshēng

而校方的做法則是，提供食物劵和金錢給生活最
ér xiàofāng de zuòfǎ zé shì   tígōng shíwùquàn hé jīnqián gěi shēnghuó zuì

貧困的學生。
pínkùn de xuéshēng

可是，歸根究柢，資源實在是太有限[19]了，一旦放寬[20]
kěshì   guīgēn jiù dǐ   zīyuán shízài shì tài yǒuxiàn   le   yídàn fàngkuān

申請[21]，讓那些狀況「較好一些」的學生們都享
shēnqǐng   ràng nàxiē zhuàngkuàng   jiàohǎo yìxiē   de xuéshēng mendōu xiǎng

有補助[22]的話，那物資肯定會供不應求[23]。
yǒu bǔzhù   dehuà   nà wùzī kěndìng huìgōng bú yìngqiú

因此，這些艱困[24]程度不是「最高級別」的學生經
yīncǐ   zhèxiē jiānkùn   chéngdù bú shì   zuìgāo jíbié   de xuéshēng jīng

常當沙發客[25]，有的也會在汽車、帳篷或火車站過
cháng dāng shāfākè   yǒu de yě huì zài qìchē   zhàngpéng huò huǒchēzhàn guò

夜。這些四處流浪的學生，有些甚至不覺得自己無家可
yè   zhèxiē sìchù liúlàng de xuéshēng   yǒuxiē shènzhì bù juéde   zìjǐ wú jiā kě

歸，所以並不在統計的數字當中，若細細去察訪[26]所有
guī   suǒyǐ bìng bú zài tǒngjì de shùzì dāngzhōng   ruò xìxì qù cháfǎng   suǒyǒu

學生的狀況，那出來的結果恐怕會高於此報告的
xuéshēng de zhuàngkuàngn   nà shūlái de jiéguǒ kǒngpà huì gāoyú cǐ bàogào de

數據。
shùjù

CSU行政[27]首長[28]對於該報告感到十分難過，他
xíngzhèng   shǒuzhǎng   duìyú gāi bàogào gǎndào shífēn nánguò   tā

說：「一想 到 有 五分之一的 學生 三餐 沒有 保障，
shuō　　　yì xiǎngdàoyǒu wǔfēnzhī yī de xuéshēng sāncān méiyǒu bǎozhàng

我就 感到呼吸困難，我會 深刻 反省[29]此事。」
wǒjiù gǎndào hūxī kùnnán　wǒhuì shēnkè fǎnxǐng　cǐ shì

　　報告 是去年2月 委託[30] 製作 的第一階段 評估[31]，同時也
　　bàogào shìqùnián yuè wěituō　zhìzuò de dì yī jiēduàn pínggū　　tóngshí yě

是 美國 首例。CSU發言人表示，目前 正 著 手 研擬[32]方
shì Měiguó shǒulì　　fāyánrén biǎoshì　mùqián zhèng zhuóshǒu yánnǐ fāng

案 來 援 助[33]這些 處於艱困的 學 生 ，已經 有11個校區 確
àn lái yuánzhù　zhèxiē chǔyújiānkùn de xuéshēng　yǐjīng yǒu　ge xiàoqū què

定 會 增設 學 生 援 助計畫，其中 包括 緊急[34]金援、住
dìng huì zēngshè xuéshēng yuánzhù jìhuà　qízhōng bāokuò jǐnjí jīnyuán zhù

宿[35] 券 、諮詢[36]服務與食物 供 應 ， 加州 州大 佛斯諾校區
sù　quàn　zīxún　fúwù yǔ shíwù gōngyìng　Jiāzhōu zhōudà Fósīnuò xiàoqū

啟動食櫥計畫（cupboard），學 校 的自助餐廳[37] 每天會 用
qǐdòng shíchú jìhuà　　　　　　　　xuéxiào de zìzhù cāntīng　měitiān huì yòng

APP 通知 學 生 來領取 沒有 賣出的 食物，加州 州大　 長
　　tōngzhī xuéshēng lái lǐngqǔ méiyǒu màichū de shíwù　Jiāzhōu zhōudà Cháng

堤 校區 更 提供 了 校園 保安 職務給 學 生 ， 希望 這 份
tí xiàoqū gēng tígōng le xiàoyuán bǎoān zhíwù gěi xuéshēng　xīwàng zhè fèn

工 作 能 提高他們的 生 活 條件。
gōngzuò néng tígāo tāmen de shēnghuó tiáojiàn

　　這 項 針對 窮困 學 生 的研究， 並 不會 就此
　　zhè xiàng zhēnduì qióngkùn xuéshēng de yánjiù　bìng búhuì jiù cǐ

174

中　斷　。此計畫將持續兩　年，以便蒐集更加　具體的
zhōngduàn 　　cǐ jìhuà jiāng chíxù liǎng nián 　　yǐ biàn sōují gèngjiā 　jùtǐ de

數據，然後再依研究結果推出　更　全　面、完善的協助
 shùjù 　　ránhòu zài yī yánjiù jiéguǒ tuōchū gèng quánmiàn 　　wánshàn de xiézhù

方案，來確保這些陷入困境的學　生個個都　能　順利
fāngàn 　　lái quèbǎo zhèxiē xiànrù kùnjìng de xuéshēng gè gè dōu néng shùnlì

完　成　學業。
wánchéng xuéyè

新聞來源

1. 加州州立大學學生逾一成無家可歸（星島日報）
2. 美國高等教育學費昂貴，學生生活壓力大（中央通訊社）
3. 加州富可敵國，但近5萬州大學生是遊民（蘋果日報）
4. 州立大學學生42%缺錢吃不好（星島日報）

生詞 shēngcí　Vocabulary

1.	公立	gōnglì	public
2.	校區	xiàoqū	campus
3.	出爐	chūlú	freshly baked; just released

4.	數據	shùjù	data
5.	無家可歸	wú jiā kě guī	homeless
6.	三餐不繼	sāncān bújì	hand-to-mouth
7.	居無定所	jū wú dìng suǒ	without fixed abode
8.	保障	bǎozhàng	security
9.	震驚	zhènjīng	shocked
10.	經濟體	jīngjìtǐ	economy
11.	亮麗	liànglì	brilliant
12.	菁英	jīngyīng	elite
13.	優渥	yōuwò	munificent
14.	豪宅	háozhái	luxury houses
15.	天壤之別	tiānrǎng zhī bié	poles apart
16.	貧困	pínkùn	poor
17.	飢腸轆轆	jīcháng lùlù	extremely hungry
18.	宿舍	sùshè	dormitory
19.	有限	yǒuxiàn	limited
20.	放寬	fàngkuān	to loosen; to relax
21.	申請	shēnqǐng	application
22.	補助	bǔzhù	subsidy

23.	供不應求	gōngbú yìngqiú	in short supply; The supply cannot meet the demand.
24.	艱困	jiānkùn	difficult
25.	沙發客	shāfākè	couch surfer
26.	察訪	cháfǎng	to inspect; to visit
27.	行政	xíngzhèng	administrative
28.	首長	shǒuzhǎng	chief
29.	反省	fǎnxǐng	to introspect
30.	委託	wěituō	to entrust; to commission
31.	評估	pínggū	assessment
32.	研擬	yánnǐ	to research; to draw up
33.	援助	yuánzhù	to help; to support
34.	緊急	jǐnjí	emergency
35.	住宿	zhùsù	accommodation
36.	諮詢	zīxún	inquiry; consultation
37.	自助餐廳	zìzhù cāntīng	cafeteria

二、訪談練習

第一部分

請訪問你的同學,並寫下同學的回答。

1. 如果是你,你會選擇離家近的大學,還是離家遠的大學?為什麼?

_____

_____

2. 如果你必須住在外面,在選擇住處時,你會考量些什麼呢?

_____

_____

3. 請問,你覺得住在家裡和住在外面最大的差別在哪裡?

_____

_____

4. 你一個月的生活費大約要花多少錢？錢大多花在什麼地方呢？

_____

_____

5. 你覺得大學生應不應該去打工？為什麼？

_____

_____

第二部分

如果你有機會，能夠訪問一位有經濟困難，無家可歸的學生，你會準備
哪些問題？請寫出五個你想問他的問題。

1._____

2._____

3._____

4._____

5._____

三、想一想

1. 請問在你的國家是否有學生無家可歸的情形呢？若有，政府是否有相
   關的援助措施？

   _____

   _____

2. 請問你自己的求學經驗中，是否曾遇過經濟困難？

   _____

   _____

3. 若有，請問你是怎麼克服的呢？

   _____

   _____

4. 你覺得為什麼加州如此富裕，卻有那麼多貧困的人呢？

_____

_____

5. 你認為政府或學校應該如何援助這些貧困的學生或訂定怎樣的補助措施呢？

_____

_____

6. 你是否贊同學生為了上名校而處於無家可歸、三餐不繼的情形呢？

_____

_____

16 西班牙日全蝕，全民 嗨翻啦！

Xībānyá rìquánshí quán mín hāi fān la

今年 六月二十一日清 晨，難得一見的「日全蝕[1]」
jīnnián liù yuè èrshíyī rì qīngchén   nándé yí jiàn de   rìquánshí

（Total Solar Esclipse）天文[2] 奇觀[3] 將 於西班牙 登 場 。
tiānwén qíguān jiāng yú Xībānyá dēngchǎng

這次肉眼[4]可見的 觀 賞 範圍 相 當大， 從 西班牙的
zhè cì ròuyǎn kě jiàn de guānshǎng fànwéi xiāngdāng dà   cóng Xībānyá de

瓦倫西亞（Valencia）一直到葡萄牙的里斯本（Lisboa）都有
Wǎlúnxīyǎ   yìzhí dào Pútáoyá de Lǐsīběn   dōuyǒu

機會見到 這個 百年 奇景。預計此次跨越882 公 里的日蝕，
jīhuì jiàndào zhè ge bǎinián qíjǐng   yù jì cǐ cì kuàyuè   gōng lǐ de rì shí

將 有數百萬 民 眾 齊聚 爭 睹。
jiāngyǒushùbǎiwàn mínzhòng qí jù zhēng dǔ

現 在距離「西班牙日 全 蝕」雖然還有 將 近一個月的時
xiànzài jù lí   Xībānyá rì quán shí suīránháiyǒujiāng jìn yí ge yuè de shí

間，但是 民 眾 已經開始 騷動[5] 了。有人 開始卡位[6]， 嘗 試
jiān dànshì mínzhòng yǐjīng kāishǐ sāodòng le yǒurén kāishǐkǎwèi   chángshì

以車子霸占[7] 位置，也有人 先 行 開車到 觀 賞 地點 勘察[8]，
yǐ chēzi bàzhàn wèizhì   yě yǒurén xiānxíng kāichē dào guānshǎng dìdiǎn kānchá

而這 樣 的「熱情[9]」已然 造 成 交通 亂 象[10]， 甚至 製造
ér zhèyàng de   rèqíng yǐrán zàochéng jiāotōng luànxiàng   shènzhì zhìzào

了不少垃圾， 嚴 重 影 響 附近居民的 生 活 品質。
le bùshǎo lèsè   yánzhòng yǐngxiǎng fùjìn jūmín de shēnghuó pǐnzhí

爲此，西班牙各地的政府也開始思考完整的解決
wèi cǐ　Xībānyá gè dì de zhèngfǔ yě kāishǐ sīkǎo wánzhěng de jiějué

方案，想給民眾一個難忘又便利的回憶。以沙拉哥薩
fāngàn　xiǎnggěi mínzhòng yí ge nánwàng yòu biànlì de huíyì　yǐ Shālāgēsà

（Zaragoza）地區的政府機關[11]來說，就擬在六月初免費
dìqū de zhèngfǔ jīguān　láishuō　jiù nǐ zài liù yuèchū miǎnfèi

發放觀賞日蝕專用的眼鏡給民眾，讓民眾不
fāfàng guānshǎng rìshí zhuānyòng de yǎnjìng gěi mínzhòng　ràng mínzhòng bú

必爲買專用眼鏡傷神。
bì wèi mǎi zhuānyòng yǎnjìng shāngshén

　　這場跨越882公里的天文盛事[12]，也帶動不少另類
zhè chǎng kuàyuè　gōnglǐ de tiānwén shèngshì　yě dàidòng bùshǎo lìnglèi

的商機[13]。各式各樣的紀念品[14]紛紛出爐，例如印有當天
de shāngjī　gèshì gèyàng de jìniànpǐn　fēnfēn chūlú　lìrú yìnyǒu dāngtiān

日期的日全蝕紀念T恤、紀念帽、鑰匙圈[15]、各種型式的
rìqí de rìquánshí jìniàn xù　jìniànmào　yàoshiquān　gèzhǒng xíngshì de

紀念標籤[16]或貼紙[17]，及各類的文具[18]用品，應有盡有。
jìniàn biāoqiān　huò tiēzhǐ　jí gèlèi de wénjù yòngpǐn　yīngyǒujìnyǒu

　　除此之外，周邊的飯店與民宿也早已被搶訂
chú cǐ zhīwài　zhōubiān de fàndiàn yǔ mínsù yě zǎo yǐ bèi qiǎngdìng

一空，一房難求。根據網路住宿平臺[19]Traveling的資訊，
yìkōng　yì fángnánqiú　gēnjù wǎnglù zhùsù píngtái　de zīxùn

瓦拉多利德（Valladolid）當地居民有人趁機[20]哄抬[21]租金。
Wǎlāduōlìdé　dāngdì jūmín yǒurén chènjī hōngtái zūjīn

例如有一間號稱是最強景觀[22]的五樓公寓[23]，4房2衛，
lìrú yǒu yì jiān hào chēng shì zuì qiáng jǐngguān de wǔ lóu gōngyù fáng wèi

共 40.2 坪，客廳有全景大窗戶，一晚就要價3000歐元。
gòng píng kètīng yǒu quánjǐng dàchuānghù yìwǎn jiù yàojià ōuyuán

還要加上328歐元的服務清潔稅，及86歐元的住宿稅，
háiyào jiāshàng ōuyuán de fúwù qīngjiéshuì jí ōuyuán de zhùsùshuì

因此一個晚上下來代價不小，一共要付3,414歐元，相
yīncǐ yí ge wǎnshàng xiàlái dàijià bù xiǎo yígòng yào fù ōuyuán xiāng

當 12 萬多元的臺幣。
dāng wàn duō yuán de táibì

然而，為了一睹日全蝕花費12萬元還不算是最多的，
ránér wèile yìdǔ rìquánshí huāfèi wàn yuán hái bùsuàn shì zuìduō de

就目前所知，花費最多的莫屬來自美國的當肯夫婦。
jiù mùqián suǒzhī huāfèi zuì duō de mòshǔ láizì Měiguó de Dāngkěn fūfù

該夫婦為了欣賞日蝕，早在1999年就在畢爾包（Bilbao）
gāi fūfù wèile xīnshǎng rìshí zǎozài nián jiù zài Bìěrbāo

買下了坪數280平方公尺的土地，自行建造[24]了一棟附
mǎixià le píngshù píngfāng gōngchǐ de tǔdì zìxíngjiànzào le yí dòng fù

有天文臺[25]的兩層樓住家。當肯先生說，他自從1979
yǒutiānwéntái de liǎng céng lóu zhùjiā Dāngkěn xiān hēng shuō tā zìcóng

年欣賞過日蝕的美後，就決心要蓋一棟能好好欣賞
nián xīnshǎngguò rìshí de měi hòu jiù juéxīn yàogài yí dòng néng hǎohǎo xīnshǎng

日全蝕的房子。今年六月，他終於可以如願以償[26]了，
rìquánshí de fángzi jīnnián liù yuè tā zhōngyú kěyǐ rúyuàn yǐcháng le

因為 他已經為這次的日全蝕 盛 況 做了最佳的 準 備。
yīnwèi tā yǐjīng wèizhè cì de rìquánshí shèngkuàng zuò le zuì jiā de zhǔnbèi

另外，在媒體與網路 社群 上 的討論則是聚焦在：
lìngwài zài méitǐ yǔ wǎnglù shèqún shàng de tǎolùn zé shì jùjiāo zài

「鏡頭[27]是否 能 直接拍攝 太陽？」、「手機 能 不 能 直接
jìngtóu shìfǒu néng zhíjiē pāishè tàiyáng shǒujī néngbùnéng zhíjiē

捕捉[28]日全蝕？」、「 觀 賞 日蝕時，是否需要 專 用 眼
bǔzhuō rìquánshí guānshǎng rìshí shí shìfǒu xūyào zhuānyòng yǎn

鏡？」以及「該如何看日全蝕？」等問題，從 這些討論
jìng yǐjí gāi rúhé kān rìquánshí děng wèntí cóng zhèxiē tǎolùn

看來，民眾 個個 都 想 用自己的方式，記錄下這百年
kànlái mínzhòng gègè dōu xiǎng yòng zìjǐ de fāngshì jìlù xiàzhè bǎi nián

難得一見的天 文 奇景。
nándé yíjiàn de tiānwén qíjǐng

然而，到底手機 能 不 能 直接 拍攝 日全蝕 呢？對此，
ránér dàodǐ shǒujī néngbùnéng zhíjiē pāishè rìquánshí ne duì cǐ

美 國 太空 總署 （NASA）指出，若 想 要 手機拍攝日全蝕
Měiguó tàikōng zǒngshǔ zhǐchū ruò xiǎngyào shǒujīpāishè rìquánshí

的 過 程 ，最好是能 夠 在手機的鏡頭 前 加 裝 太陽
de guòchéng zuìhǎo shì nénggòu zài shǒujī de jìngtóu qián jiāzhuāng tàiyáng

濾鏡[29]（solarfilter），這 樣才能 保護手機的鏡頭，並清楚
lùjìng zhèyàng cái néng bǎohù shǒujī de jìngtóu bìng qīngchǔ

地 拍下日蝕的畫 面 。
de pāixià rìshí de huàmiàn

最後，要提醒觀賞日全蝕的民眾，一定要
zuìhòu yào tíxǐng guānshǎng rìquánshí de mínzhòng yídìng yào

戴上通過安全認證[30]的觀察日蝕專用眼鏡；因
dàishàng tōngguò ānquán rènzhèng de guānchá rìshí zhuānyòng yǎnjìng yīn

為，用肉眼直接觀看日蝕是會傷害眼睛的。
wèi yòng ròuyǎn zhíjiē guānkàn rìshí shìhuì shānghài yǎnjīng de

美國眼科醫學會（American Academy of Ophthalmology）
Měiguó yǎnkē yīxué huì

的發言人凡蓋爾德（Russell N. VanGelder）說：「以肉眼觀
de fāyánrén Fángàiěrdé shuō yǐ ròuyǎn guān

看日全蝕，確實有可能會造成視力[31]永久喪失，因此民
kàn rìquánshí quèshí yǒu kěnéng huìzàochéng shìlì yǒngjiǔ sàngshī yīncǐ mín

眾不可大意[32]。」
zhòng bù kě dàyì

為什麼會這麼嚴重呢？因為直視太陽，強光會
wèishénme huì zhème yánzhòng ne yīnwèi zhíshì tàiyáng qiángguāng huì

直接射進視網膜[33]，而讓視網膜受到傷害。所以若未
zhíjiē shèjìn shìwǎngmó ér ràng shìwǎngmó shòudào shānghài suǒyǐ ruò wèi

戴上日蝕專用眼鏡，直接以肉眼對著太陽看，即便只
dàishàng rìshí zhuānyòng yǎnjìng zhíjiē yǐ ròuyǎn duìzhe tàiyáng kàn jíbiàn zhǐ

是看一眼，都有可能讓視力受到損害。
shìkàn yì yǎn dōuyǒu kěnéng ràng shìlì shòudào sǔnhài

正因如此，不少專家學者頻頻透過媒體呼籲[34]民
zhèng yīn rúcǐ bùshǎo zhuānjiā xuézhě pínpín tòuguò méitǐ hūyù mín

眾 ，一旦日全蝕結束後，一定 要立即戴上日蝕 專 用
zhòng　　yídàn rìquánshí jiéshù hòu　yídìng yào lìjí dàishàng rìshí zhuānyòng

護目鏡， 這 樣 才 能 繼續 觀 看 日蝕的變化 ，又 能 保護
hùmùjìng　 zhèyàng cái néng jìxù guānkàn rìshí de biànhuà　 yòu néng bǎohù

自己的眼睛。
zìjǐ　de yǎnjīng

新聞來源

1. 全美大日食倒數計時　帶動另類商機（大紀元）
2. 百年一遇日蝕跨越美國東西岸　全國擔櫈仔看日全蝕 NASA全程直播（香港01）
3. 觀察大日食將爆人潮　美國州政府因應（中央通訊社）
4. 時隔百年！橫跨美國日全蝕奇景全球見證（自由時報）
5. 美國大日蝕　1200萬人爭睹（中時電子報）

生詞 shēngcí　Vocabulary

	詞	拼音	英文
1.	日全蝕	rìquánshí	total solar eclipse
2.	天文	tiānwén	astronomy

3.	奇觀	qíguān	wonder; spectacle
4.	肉眼	ròuyǎn	naked eye
5.	騷動	sāodòng	to riot
6.	卡位	kǎwèi	to jockey for position
7.	霸占	bàzhàn	to occupy
8.	勘查	kānchá	to survey the site
9.	熱情	rèqíng	enthusiasm
10.	亂象	luànxiàng	disorder
11.	政府機關	zhèngfǔ jīguān	government agency
12.	盛事	shèngshì	grand occasion
13.	商機	shāngjī	business opportunity
14.	紀念品	jìniànpǐn	souvenir
15.	鑰匙圈	yàoshiquān	key ring
16.	標籤	biāoqiān	label
17.	貼紙	tiēzhǐ	sticker
18.	文具	wénjù	stationery
19.	平臺	píngtái	platform
20.	趁機	chènjī	to take advantage of the occasion
21.	哄抬	hōngtái	to drive up （prices）
22.	景觀	jǐngguān	view

23.	公寓	gōngyù	apartment
24.	建造	jiànzào	to build
25.	天文臺	tiānwéntái	observatory
26.	如願以償	rúyuàn yǐcháng	to have one's wish fulfilled
27.	鏡頭	jìngtóu	camera lens
28.	捕捉	bǔzhuō	to capture
29.	濾鏡	lùjìng	filter
30.	認證	rènzhèng	authentication
31.	視力	shìlì	eyesight
32.	大意	dàyì	careless
33.	視網膜	shìwǎngmó	retina
34.	呼籲	hūyù	to appeal

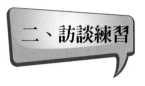

二、訪談練習

第一部分

請訪問你的同學，並寫下同學的回答。

1. 在你的國家，最容易讓大眾為之瘋狂的事情是什麼？

_____

_____

2. 你會跟著大家一起瘋狂嗎？為什麼？

_____

_____

3. 當大家都為一件事情瘋狂時，你覺得可能會出現什麼問題？

_____

_____

4. 你對於天文感興趣嗎？你看過流星嗎？

_____

_____

5. 你最想看什麼樣的自然景觀或現象？

_____

_____

第二部分

如果你有機會，能夠訪問一位西班牙的政府官員，他的工作是確保觀賞日蝕的活動一切順利，你會準備哪些問題？請寫出五個你想問他的問題。

1. _____

2. _____

3. _____

4. _____

5. _____

1. 如果你剛好住在可以觀測到日全蝕的地方，你會想要趁機賣什麼東西呢？

_____

_____

2. 請問，你覺得當肯夫婦為了觀測日全蝕而搬到西班牙，是可理解的行為還是太過瘋狂了呢？為什麼？

_____

_____

3. 你喜歡觀察天空嗎？說說你過去的相關經驗。

_____

_____

4. 請說說你的國家關於太陽或月亮的神話。

_____

_____

17 Pepper搶工作，和尚[1] 飯碗也不保
qiǎng gōngzuò héshàng fànwǎn yě bù bǎo

一、新聞稿

由 鴻 海 和日本 軟 銀 所 共 同 研發的服務[2] 型 機器人[3]
yóu Hónghǎi hé Rìběn ruǎnyín suǒ gòngtóng yánfā de fúwù xíng jīqìrén

「Pepper」，已然 成 為 服務型 機器人的最高指標[4]，因為
yǐrán chéngwéi fúwù xíng jīqìrén de zuìgāozhǐbiāo yīnwèi

目 前 尚 未 有其他 相 關 機器人能 與他匹敵[5]。
mùqián shàngwèi yǒu qítā xiāngguān jīqìrén néng yǔ tā pǐdí

「Pepper」在年 初 引進臺灣 後，就快速打入家樂福、
zài niánchū yǐnjìn Táiwān hòu jiù kuàisù dǎrù Jiālèfú

國泰人壽、台新銀行、第一銀行 及亞太電信 等 五大
Guótài rénshòu Táixīn yínháng Dì yī yínháng jí Yàtà diànxìn děng wǔ dà

企業，除此之外，還在與其他大公司洽談[6]合作 的可能性 。
qìyè chú cǐ zhīwài hái zài yǔ qítā dà gōngsī qiàtán hézuò de kěnéngxìng

Pepper的魅力[7]可以 說 無人 能 擋，引進臺灣 後，很 快
de mèilì kěyǐ shuō wúrén néng dǎng yǐnjìn Táiwān hòu hěnkuài

地 就掀起了一股機器人風暴。科技專 家 林 昌 鎬 預計，這
de jiù xiānqǐ le yì gǔ jīqìrén fēngbào kējì zhuānjiā Línchānghào yùjì zhè

波機器人風暴 將 會繼續延 燒 下去，該產業的 發展 空 間
bō jīqìrén fēngbào jiāng huì jìxù yánshāo xiàqù gāichǎnyè de fāzhǎn kōngjiān

仍 大有可為。
réng dà yǒu kě wéi

Pepper最早 只販 售 於日本 國內，跨海來到 臺灣 後，
zuìzǎo zhǐ fànshòu yú Rìběn guónèi kuàhǎi láidào Táiwān hòu

改 成 了「租賃[8]制」。也就是 說 ， 明 星 機器人Pepper是 有
gǎichéng le   zūlìn zhì   yě jiù shì shuō   míngxīng jīqìrén   shì yǒu

薪 水[9]的，每個 月月薪 新臺幣26,888 元 。各大企業「聘用[10]」
xīnshuǐ   de   měi ge yuèyuèxīn xīntáibì   yuán   gè dà qìyè   pìnyòng

Pepper，主要 是 請 他做資料 整 合 蒐集[11]、迎賓 接待[12]及 產
zhǔyào shì qǐng tā zuò zīliào zhěnghé sōují   yíngbīn jiēdài   jí chǎn

品 解 說[13] 等 三大服務 項目 。一般而言， 民 眾 最 常 看
pǐn jiěshuō   děng sān dà fúwù xiàngmù   yì bān ér yán   mínzhòng zuì cháng kàn

到 的是，Pepper被 當 作 商 店 入口 的問 候 員、醫療看
dào de shì   bèi dāngzuò shāngdiàn rùkǒu de wènhòuyuán   yīliáo kān

護[14]、販售人員、 解 說員及服務生。
hù   fànshòurényuán   jiěshuōyuán jí fúwùshēng

　　然而， 擁 有這些 功 能 並不稀奇， 令人驚訝的是
ránér   yǒngyǒu zhè xiē gōngnéng bìng bù xīqí   lìng rén jīngyà de shì

Pepper竟然也開始 當起住持[15]， 成 爲 帶 領 法事[16]的機器人和
jìngrán yě kāishǐ dāngqǐzhùchí   chéngwéi dàilǐng fǎshì   de jīqìrén hé

尚 。日前，日本NISSEI ECO在日本ENDEX的國際喪禮[17] 展
shàng   rìqián   Rìběn   zài Rìběn   de guójì sānglǐ   zhǎn

上 ，推出了全 新 的「IT喪禮」服務。此「IT喪禮」除了請
shàng   tuīchū le quánxīn de   sānglǐ fúwù   cǐ   sānglǐ chúle qǐng

「Pepper」 幫 忙 誦 經 外，還有「模擬[18]葬禮」系統；透過
bāngmáng sòngjīng wài   háiyǒu   mónǐ   sānglǐ   xìtǒng   tòuguò

模擬系統， 民 眾 事前即可預知祭壇[19]的設計。而葬禮 當
mónǐ xìtǒng   mínzhòng shìqián jíkě yùzhī jìtán   de shèjì   ér sānglǐ dāng

天，Pepper還會直播[20] 整 個法會的 過 程 ，讓 無法 到 場
tiān　　　　háihuì zhíbò　zhěng ge fǎhuì de guòchéng　ràng wúfǎ dàochǎng

的 人也可以 全 程 參與。
de rén yě kěyǐ quánchéng cānyù

除此之外， 現 場 還 設有電子芳 名 簿[21]，好處 是家屬
chú cǐ zhīwài　xiànchǎng hái shèyǒu diànzǐ fāngmíngbù　　hǎochù shì jiāshǔ

不 用 再派人 抄寫 名冊，金額還 能 自動 計算。 以往 辦
bú yòng zài pài rén chāoxiě míngcè　jīné hái néng zìdòng jìsuàn　yǐwǎng bàn

一 場 喪禮，大約200 萬 到300 萬 日圓，然而若 改 成 「IT
yì chǎng sānglǐ dàyuē　wàn dào　wàn rìyuán　ránér ruò gǎichéng

喪禮」，成 本 即可降 到 5 萬 至24萬 日圓 左右。
sānglǐ　chéngběn jíkě jiàngdào　wàn zhì　wàn rìyuán zuǒyòu

值得一提的是，這 並 不是Pepper第一次被 應 用 於宗 教[22]
zhídé yì tí de shì　zhèbìng bú shì　dì yī cì bèi yìngyòng yú zōngjiào

類型的工作 中。之前 造 成 轟 動 的「數位 靈 媒[23]」，
lèixíng de gōngzuò zhōng　zhīqián zàochǎng hōngdòng de　shùwèi língméi

其實就已經把Pepper置入宗 教儀式[24] 中 了。所謂 的 「數位
qíshí jiù yǐjīng bǎ　zhìrù zōngjiào yíshì　zhōng le　suǒwèi de　shùwèi

靈 媒」，是 請 臨 終[25]者 預先透過3D 影印 技術 印出自己
língméi　shì qǐng línzhōng zhě yùxiān tòuguò　yǐngyìn jìshù yìnchū zìjǐ

的臉部 照 片 ，然後再 錄下 想 對遺屬[26]、 朋 友 等 說
de liǎnbù zhàopiàn　ránhòu zài　lùxià xiǎng duì yíshǔ　péngyǒu děng shuō

的話。 等 逝世 後，再 將 亡 者[27] 的 照 片 及錄音檔輸入
de huà　děng shìshì hòu　zài jiāng wángzhě　de zhàopiàn jí lùyīndǎng shūrù

Pepper，讓 亡 者 能 陪伴家人度過 悲 傷 ，直到法事結束
ràng wángzhě néng péibàn jiārén dùguò bēishāng　zhídào fǎshì jiéshù

爲止。
wéizhǐ

　　然而，對於 宗 教 儀式被科技所取代，各 方 人士意見不
ránér　　duìyú zōngjiào yíshì bèi kējì suǒ qǔdài　gè fāng rénshì yìjiàn bù

一，有人 稱 許 ，但也有人 反對。
yī　yǒurén chēngxǔ　dàn yě yǒurén fǎnduì

　　反對人士 認爲 ，或許可以大 量地 輸入 傳 統 祭儀或
fǎnduì rénshì rènwéi　huòxǔ kěyǐ dàliàng de shūrù chuántǒng jiyí huò

觀 念 [28] 給Pepper，但Pepper所 能 做的 僅只於敲 敲 木魚 [29]，
guānniàn gěi　dàn　suǒnéng zuò de jǐnzhǐyú qiāoqiāo mùyú

或 以機械式的嗓音 唸 誦 經 文而已；然而， 宗 教 卻是
huò yǐ jīxièshì de sǎngyīn niànsòng jīngwén éryǐ　ránér　zōngjiào què shì

歷經 長 時間積累的文 化，機器人眞的 做得來嗎？誠如
jīnglì cháng shíjiān lěijī de wénhuà　jīqìrén zhēnde zuò de lái mā chéngrú

知 名 科技媒體TechCrunch所言 ：「Pepper會敬禮，但他 並
zhīmíng kējì méitǐ　suǒyán　huìjìng lǐ　dàn tā bìng

不知道 敬禮是基於 尊 重 。」
bù zhīdào jìnglǐ shì jīyú zūnzhòng

　　贊 同 者的意見則是， 若 能 由法師主持 宗 教 儀式
zàntóng zhě de yìjiàn zé shì　ruònéng yóu fǎshī zhǔchí zōngjiào yíshì

當 然 很好， 但隨著人口 加速老化，預計幾年 後殯葬業者
dāngrán hěnhǎo　dànsuízhe rénkǒu jiāsù lǎohuà　yùjì jǐ niánhòubīnzàng yèzhě

新聞華語
xīnwén huáyǔ

的業務量 將 會大增，到時候法師 一定分身 乏術。若科技
de yèwùliàng jiāng huìdàzēng dàoshíhòu fǎshī yídìngfēnshēn fáshù ruò kējì

能 提供 民眾 不同 選擇的話，又 有什麼 不妥呢？如果
néng tígōng mínzhòng bùtóng xuǎnzé dehuà yòu yǒushénme bùtuǒ ne rúguǒ

大家都 能 接受 Pepper 成 為 照顧老人的看護，那麼
dàjiā dōu néng jiēshòu chéngwéi zhàogù lǎorén de kānhù nà me

Pepper 為什麼 不能 出現 在 喪禮 上 呢？
wèishénme bù néng chūxiàn zài sānglǐ shàng ne

雙 方 意見 分歧[30]，但或許Pepper 有一天 真 能 出現
shuāngfāng yìjiàn fēnqí dànhuòxǔ yǒu yì tiān zhēn néng chūxiàn

在喪禮 上 。
zài sānglǐ shàng

新聞來源

1. Pepper的新角色：在喪禮上誦經（3C新報）
2. 機器人Pepper變身「南無佬」 喪禮誦經說法 殯儀業創意新方向（香港01）
3. 喪禮IT化 機器人法師誦經（自由時報）
4. 創新喪禮！穿僧侶衣、敲木魚念經 機器人幫送終（三立新聞網）
5. 日本「數位靈媒」讓亡者附身在Pepper上 陪家人度過最後的49天（智慧機器人網）
6. 機器人可以念經 主持喪禮 沒有任何工作非人類不可（鉅亨網）

生詞 shēngcí Vocabulary

1.	和尚	héshàng	Buddhist monk
2.	服務	fúwù	service
3.	機器人	jīqìrén	robot
4.	指標	zhǐbiāo	Index
5.	匹敵	pǐdí	Rival
6.	洽談	qiàtán	negotiation
7.	魅力	mèilì	charm
8.	租賃	zūlìn	lease
9.	薪水	xīnshuǐ	salary
10.	聘用	pìnyòng	employ
11.	蒐集	sōují	collect
12.	接待	jiēdài	reception
13.	解說	jiěshuō	explain
14.	看護	kānhù	nursing
15.	住持	zhùchí	abbot
16.	法事	fǎshì	Buddhist funeral rites

17.	喪禮	sānglǐ	funeral
18.	模擬	mónǐ	Imitation
19.	祭壇	jìtán	altar
20.	直播	zhíbò	live broadcast
21.	芳名簿	fāngmíngbù	visitors' register
22.	宗教	zōngjiào	religion
23.	靈媒	língméi	psychic
24.	儀式	yíshì	ceremony
25.	臨終	línzhōng	died
26.	遺屬	yíshǔ	surviving dependant
27.	亡者	wángzhě	Dead
28.	觀念	guānniàn	notoin
29.	木魚	mùyú	wooden clapper
30.	分歧	fēnqí	differences

二、新聞放大鏡

1. 這則新聞的主角是誰?

   _____

   _____

2. 這則新聞發生在哪裡?

   _____

   _____

3. 這則新聞發生在什麼時候?

   _____

   _____

4. 從這則新聞可以知道,發生了什麼事?為什麼會發生這樣的事?請你
   說說看事情發生的經過。

   _____

   _____

三、訪談練習

第一部分

請訪問你的同學，並寫下同學的回答。

1. 你覺得由機器人來主持喪禮或宗教儀式適當嗎？為什麼？

_____

_____

2. 你能接受讓機器人來照顧你的家人嗎？為什麼？

_____

_____

3. 你覺得當機器人產業愈來愈發達後，會影響人們的人際關係嗎？為什麼？

_____

_____

4. 如果你有一臺Pepper，你會想要他幫你做什麼事呢？

_____

_____

5. 如果你是研發機器人的團隊，你還會開發什麼樣功能的機器人呢？

_____

_____

第二部分

如果你有機會，能夠訪問Pepper的開發者，你會準備哪些問題？請寫出五個你想問他的問題。

1. _____

2. _____

3. _____

4. _____

5. _____

xīnwén huáyǔ

四、想一想

1. 你覺得機器人能在哪些方面取代人類？為什麼？

_____

_____

2. 請想一想，人類為什麼要發明機器人？

_____

_____

3. 如果是你，你會讓Pepper參與你的法會嗎？為什麼？

_____

_____

4. 機器人可以為我們帶來哪些益處？你會想要買一臺嗎？為什麼？

_____

_____

5. 你覺得機器人還能朝什麼方向發展？它還能怎麼幫助我們？

_____

_____

18 「甜食控[1]」女孩們 小心 囉！
tiánshíkòng nǚhái men xiǎoxīn lou

糖分 攝取 過量 小心 長 皺紋
tángfèn shèqǔ guòliàng xiǎoxīn zhǎng zhòuwén

一、新聞稿

日前新北市一位女性 到皮膚科[2] 看 診， 醫生 原 本 以為
rìqián Xīnběishì yí wèinǚxing dào pífūkē kànzhěn yīshēng yuánběn yǐwéi

病 患50多歲了，皮膚多 有 黑斑[3]、 皺 紋[4]，一看病歷卻發現
bìnghuàn duōsuì le pífū duōyǒu hēibān zhòuwén yí kàn bìnglì quèfāxiàn

只有38歲， 詢問之下 才知道，自從18歲起， 病 患 每 天 都
zhǐyǒu suì xúnwèn zhīxià cáizhīdào zìcóng suì qǐ bìnghuàn měitiān dōu

要喝 上 一杯珍珠 奶茶[5]，還特別 要求 店 員 放 兩倍
yào hē shàng yì bēi zhēnzhū nǎichá hái tèbié yāoqiú diànyuán fàng liǎng bèi

糖， 長 期下來不只造 成 身體負擔，也讓 皮膚加速老化！
táng chángqí xiàlái bùzhǐ zàochéng shēntǐ fùdān yě ràng pífū jiāsù lǎohuà

「 手搖杯[6]」如今已成 為 臺灣特產[7]， 手搖杯
shǒuyáobēi rújīn yǐ chéngwéi Táiwān tèchǎn shǒuyáobēi

飲料店 更 是 遍布臺灣 大 街 小 巷[8]，一年四季的特色
yǐnliàodiàn gèng shì piànbù Táiwān dà jiē xiǎo xiàng yì qián sìjì de tèsè

飲品、冷熱與甜度的客製化調配、搭配五花八門[9]的品
yǐnpǐn lěngrè yǔ tiándù de kèzhìhuà tiáopèi dāpèi wǔhuā bāmén de pǐn

項 [10]，不只國人愛喝，就連 外國人也喜歡 嘗 鮮[11]，而 珍
xiàng bùzhǐ guórén ài hē jiùlián wàiguórén yě xǐhuān chángxiān ér zhēn

珠 奶茶 更 是 成 為 了臺灣 的 代表性[12]飲料。
zhū nǎichá gèng shì chéngwéi le Táiwān de dàibiǎoxìng yǐnliào

但 美國 知 名 的皮膚科醫 生 兼 美 容 專 家[13]在自己的
dàn Měiguó zhīmíng de pífūkē yīshēng jiān měiróng zhuānjiā zài zìjǐ de

新書 中 表示，食用 過多的甜食會造 成 身體的負擔[14]，
xīnshū zhōng biǎoshì　shíyòng guòduō de tiánshí huì zàochéng shēntǐ　de fùdān

產 生 過度的「糖化反應[15]」。
chǎnshēng guòdù de　　tánghuàfǎnyìng

「糖化反應」指的是 我們 攝食的糖分[16]與體內蛋白質[17]
tánghuàfǎnyìng　zhǐ de shì wǒmen shèshí de tángfèn　yǔ tǐnèi dànbáizhí

結合 形 成 「糖化最 終 產物[18]」（AGEs），是一 種　正
jiéhé xíngchéng　tánghuàzuìzhōng chǎnwù　　　　shì yì zhǒng zhèng

常 的生理反應[19]，人體主要 的 能 量 來源 正 是食物
cháng de shēnglǐ fǎnyìng　réntǐ zhǔyào de néngliàng láiyuán zhèng shì shíwù

中 的糖分，因此我們 一生 之 中 這 項 不可逆的
zhōng de tángfèn　yīncǐ wǒmen yìshēng zhī zhōng zhè xiàng bù kě nì de

反 應[20]會 不斷 持續。
fǎnyìng　huì búduàn chíxù

隨著 年 齡 增 長 ，人體代謝[21]AGEs的能力也會 下 降 。
suízhe niánlíng zēngzhǎng　réntǐ dàixiè　　de nénglì yě huì xiàjiàng

當 體內AGEs 過 剩 時，過多 的糖 分 會 殘留[22]在血液裡，甚
dāng tǐnèi　　guòshèng shí　guòduō de tángfèn huì cánliú zài xiěyè lǐ　shèn

至 會與其他蛋白質 連 成 大分子，這些 有害 物質會 破壞
zhì huì yǔ qítā dànbáizhí liánchéng dà fēnzǐ　zhèxiē yǒuhài wùzhí huì pòhuài

真皮層[23] 的膠 原 蛋白[24]組織，使肌膚乾燥、脆弱， 甚 至 失去
zhēnpícéng de jiāoyuán dànbái zǔzhī　shǐ jīfū gānzào cuìruò　shènzhì shīqù

彈 性 。
tánxìng

210

國內皮膚科醫師也提醒，血液中 過量[25]的糖分會使
guónèi pífūkē yīshī yě tíxǐng xiěyè zhōng guòliàng de tángfèn huì shǐ

體內激素失衡。因過量 攝食糖分，人體為了平衡 血糖
tǐnèi jīsù shīhéng yīnguòliàng shèshí tángfèn réntǐ wèile pínghéng xiětáng

濃度，會增加 胰島素[26]的分泌，進而促成 雄激素[27]增生，
nóngdù huìzēngjiā yídǎosù de fēnmì jìnér cùchéng xióngjīsù zēngshēng

造 成 青春痘、膚色黯沉無光澤、 油性肌膚等
zàochéng qīngchūndòu fūsè ànchén wú guāngzé yóuxìng jīfū děng

問題。而改變 飲食習慣， 減少糖分的攝取， 平時多喝
wèntí ér gǎibiàn yǐnshí xíguàn jiǎnshǎo tángfèn de shèqǔ píngshí duō hē

白開水， 便可以讓 糟糕的膚質在短期內明 顯 的改善。
báikāishuǐ biàn kěyǐ ràng zāogāo de fūzhí zàiduǎnqínèimíngxiǎn de gǎishàn

也因此， 當體內的 糖分過量，確實可能 造 成 皮膚
yě yīncǐ dāng tǐnèi de tángfènguòliàng quèshíkěnéng zàochéng pífū

提前老化。一天一杯 手搖杯 的 壞習慣 必須戒除，若是
tíqián lǎohuà yì tiān yì bēi shǒuyáobēi de huài xíguàn bìxū jièchú ruòshì

「嗜甜 成 癮[28]」了，不妨先 將 目標 訂 在一星期一
shì tián chéng yǐn le bùfáng xiān jiāng mùbiāo dìng zài yì xīngqí yī

杯，慢 慢 減少 喝甜飲的習慣。
bēi mànmàn jiǎnshǎo hē tiányǐn de xíguàn

此外，水果雖富含 纖 維[29]與維他命C，但臺灣 瓜果
cǐwài shuǐguǒ suī fùhán xiānwéi yǔ wéitāmíng dàn Táiwān guāguǒ

栽植技術發達， 水 果 糖分高，因此鳳梨、西瓜、荔枝等
zāizhí jìshù fādá shuǐguǒ tángfèn gāo yīncǐ fènglí xīguā lìzhī děng

新聞華語
xīnwén huáyǔ

高糖 水果 也該適量，建議 成人 一天 食用 兩份就好，
gāotáng shuǐguǒ yě gāishìliàng jiànyì chéngrén yì tiān shíyòng liǎng fèn jiù hǎo

應 多 攝取 蒸 煮 類蔬菜。
yīngduō shèqǔ zhēngzhǔ lèi shūcài

　否則不只心血管疾病、糖尿病[30]會找 上 門，還會
fǒuzé bùzhǐ xīnxiěguǎn jíbìng tángniàobìng huìzhǎo shàngmén háihuì

讓 臉上 布滿皺紋，提早呈 現 老態！
ràng liǎnshàng bùmǎn zhòuwén tízǎo chéngxiàn lǎotài

新聞來源
1. 多吃糖危害大！愛吃甜食，恐縮短壽命（天下雜誌）
2. 愛吃甜壞處多　5招減糖（蘋果日報2015/9/5）
3. 天冷就是想吃甜的！吃太多不僅會變胖還有「4個壞處」（ETtoday
   健康雲）

生詞　Vocabulary
shēngcí

1.	甜食控	tiánshíkòng	has a sweet addiction
2.	皮膚科（診所）	pífūkē (zhěnsuǒ)	Division of Dermatology

212

3.	黑斑	hēibān	Spots
4.	皺紋	zhòuwén	wrinkles
5.	珍珠奶茶	zhēnzhū nǎichá	Pearl milk tea
6.	手搖杯	shǒuyáobēi	handmade drinks
7.	特產	tèchǎn	local Cuisine, specialty
8.	大街小巷	dàjiē xiǎoxiàng	All over the streets
9.	五花八門	wǔhuā bāmén	a wide range of, a variety of, various
10.	品項	pǐnxiàng	kind, species,class
11.	嘗鮮	chángxiān	a new experiment in, have a taste of what is just in season
12.	代表性	dàibiǎoxìng	typical, representative
13.	專家	zhuānjiā	expert
14.	負擔	fùdān	burden
15.	糖化反應	tánghuà fǎnyìng	glycosylation
16.	糖分	tángfèn	carbohydrate
17.	蛋白質	dànbáizhí	protein
18.	糖化最終產物（AGEs）	tánghuà zuì zhōng chǎnwù	advanced glycation end-product
19.	生理反應	shēnglǐ fǎnyìng	physical phenomenon, physiological reaction

20.	不可逆反應	bù kě nì fǎnyìng	irreversible reaction
21.	代謝	dàixiè	metabolism
22.	殘留	cánliú	residue
23.	眞皮層	zhēnpícéng	dermis
24.	膠原蛋白	jiāoyuán dànbái	collagen
25.	過量	guòliàng	excess, overdose
26.	胰島素	yídǎosù	insulin
27.	雄激素	xióngjīsù	androgenic hormones, androgen
28.	嗜甜成癮	shì tián chéngyǐn	addiction to sweet snacks
29.	纖維	xiānwéi	fiber
30.	糖尿病	tángniàobìng	diabetes

二、訪談練習

第一部分

請訪問你的同學，並寫下同學的回答。

1. 你喜愛甜食嗎？如果喜歡的話，你喜歡什麼樣的甜食呢？

_____

_____

2. 你知道吃太多甜食會對我們的身體造成不好的影響後，你會少吃點嗎？

_____

_____

3. 你覺得，如果要做到一個星期選擇一天完全都不吃糖，要怎麼做比較容易成功呢？

_____

_____

4. 你會注意自己的飲食嗎？

_____

_____

5. 你覺得，你的國家的飲食是屬於重口味的，還是清淡的呢？

_____

_____

第二部分

如果你有機會，能夠訪問一位美容專家，你會準備哪些問題？請寫出五個你想問他的問題。

1. _____

2. _____

3. _____

4. _____

5. _____

三、想一想

1. 甜食為什麼對健康不好？

   _____

   _____

2. 為什麼人們喜歡吃甜食？

   _____

   _____

3. 你認臺灣的手搖杯為何會發展地如此興盛？

   _____

   _____

4. 平時你如何規劃自己的飲食？你認為健康嗎？為什麼？

   _____

   _____

5. 除了吃太多甜食，還有吃什麼東西會誘發糖尿病呢？

_____

_____

19 同志 婚姻¹ 釋憲² 結果 出爐，
tóngzhì hūnyīn shìxiàn jiéguǒ chūlú
平權³ 道路的一小步
píngquán dàolù de yì xiǎo bù

一、新聞稿

臺 灣 司法院[4]大法官[5] 在今年（2017）5月24日下午， 終
Táiwān Sīfǎyuàn dàfǎguān zàijīnnián yuè rì xiàwǔ zhōng

於 對「禁止 同 性 婚姻是否 違憲[6]」做出 解釋。
yú duì jìnzhǐ tóngxìng hūnyīn shìfǒu wéixiàn zuòchū jiěshì

司法院 祕書長[7] 宣告 現 行 《民法[8]》 親屬[9] 編 第二 章
Sīfǎyuàn mìshūzhǎng xuāngào xiànxíng Mínfǎ qīnshǔ biān dì èr zhāng

的婚姻部分與憲法牴觸[10]，亦即「未使 相 同 性別[11]二人，得
de hūnyīn bùfèn yǔ Xiànfǎ dǐchù yì jí wèishǐ xiāngtóng xìngbié èr rén dé

爲 經營 共 同 生 活 之目的， 成立具有親密[12] 性 及 排他[13]
wèi jīngyíng gòngtóng shēnghuó zhī mùdì chénglì jùyǒu qīnmì xìng jí páitā

性 之永久 結合 關係， 顯 屬立法 上 之 重 大 瑕疵[14]」， 這
xìng zhīyǒngjiǔ jiéhé guānxì xiǎn shǔ lìfǎ shàng zhī zhòngdà xiácī zhè

與 《憲法》 22 條 保 障 婚姻自由的意旨不符。大法官在 解釋
yǔ Xiànfǎ tiáo bǎozhàng hūnyīn zìyóu de yìzhǐ bù fú dàfǎguān zài jiěshì

後， 並 建議需於 兩 年內完 成 相 關 法律之修 正[15]。臺
hòu bìng jiànyì xū yú liǎng niánnèi wánchéng xiāngguān fǎlǜ zhīxiūzhèng Tái

灣 同 志 婚姻 平 權 運 動 自去年法案進到立法院司法及
wān tóngzhì hūnyīn píngquán yùndòng zì qùnián fǎàn jìndào Lìfǎyuàn Sīfǎ jí

法制委員會開始，早 已 成 爲 各國 關注 的議題焦點。
fǎzhì wěiyuánhuì kāishǐ zǎo yǐ chéngwéi gè guó guānzhù de yìtí jiāodiǎn

此法案 從 今年3月24日上 午 9點，司法院大法官憲法[16]法庭開
cǐ fǎàn cóngjīnnián yuè rì shàngwǔ diǎn Sīfǎyuàn dàfǎguān xiànfǎ fǎtíng kāi

始就此進行言詞辯論[17]，一直到5月24日下午4點，司法院大
shǐ jiù cǐ jìnxíng yáncí biànlùn yìzhí dào yuè rì xiàwǔ diǎn Sīfǎyuàn dà

法官才公布釋憲結果，當中共歷時了兩個月的
fǎguān cái gōngbù shìxiàn jiéguǒ dāngzhōng gòng lìshí le liǎng ge yuè de

討論。
tǎolùn

討論的結果宣告現行《民法》「不允許同性婚姻」
tǎolùn de jiéguǒ xuāngào xiànxíng Mínfǎ bù yǔnxǔ tóngxìng hūnyīn

與憲法第7條及第22條「保障人民婚姻自由」意旨[18]牴觸。
yǔ Xiànfǎ dì tiáo jí dì tiáo bǎozhàng rénmín hūnyīn zìyóu yì zhǐ dǐchù

此宣告[19]一出，立刻引發全球媒體爭相報導，估
cǐ xuāngào yì chū lìkè yǐnfā quánqiú méitǐ zhēngxiāng bàodǎo gū

計已有超過兩百家新聞媒體在世界各地對此消息進行
jì yǐ yǒu chāoguò liǎngbǎi jiā xīnwén méitǐ zài shìjiè gè dì duì cǐ xiāoxí jìnxíng

相關報導，其中包括知名的美聯社、英國BBC、美
xiāngguān bàodǎo qízhōng bāokuò zhīmíng de Měiliánshè Yīngguó Měi

國CNN、日本NHK。
guó Rìběn

全球之所以如此關注，乃是因為此宣告使臺灣
quánqiú zhīsuǒyǐ rúcǐ guānzhù nǎi shì yīnwèi cǐ xuāngào shǐ Táiwān

成為全亞洲第一個法律保障同性婚姻的國家，與
chéngwéi quán Yàzhōu dì yī ge fǎlǜ bǎozhàng tóngxìng hūnyīn de guójiā yǔ

荷蘭、比利時、西班牙等23國並列。英國「每日電訊報」
Hélán Bǐlìshí Xībānyá děng guó bìngliè Yīngguó Měirì diànxùnbào

（Daily Telegraph）報導，臺灣最高法院 做出了里程碑[20]
　　　　　　　　　　　bàodǎo　Táiwān zuìgāofǎyuàn zuòchū le lǐchéngbēi

式的裁定[21]，為同性 婚姻合法化鋪路，此 項 裁決也 可能
shì de cáidìng　wèi tóngxìng hūnyīn háfǎ huà pūlù　cǐ xiàng cáijué yě kěnéng

對南韓 、日本、泰國 等 亞洲國家的婚姻 平 權 運動
duì Nánhán　Rìběn　Tàiguó děng Yǎzhōu guójiā de hūnyīn píngquán yùndòng

帶來 影 響 。
dàilái yǐngxiǎng

　　美國CNN認為臺灣 有 望 成 為 亞洲 同志 婚姻合法化
　　Měiguó　rènwéi Táiwān yǒuwàng chéngwéi Yǎzhōu tóngzhì hūnyīn héfǎ huà

的先驅[22]；華 盛 頓 郵報則以「 臺 灣 說 Yes！」（Taiwan
de xiānqū　Huáshèngdùn yóubào zé yǐ　Táiwān　shuō

says yes！）為標題，認為臺灣的同 婚 釋憲是「歷史性」的
　　　　　wéi biāotí　rènwéi Táiwān de tónghūn shìxiàn shì　lì shǐxìng　de

裁決。
cáijué

　　事實 上 在釋憲結果公布前，就有外國媒體大膽推測[23]
　　shìshí shàng zài shìxiàn jiéguǒ gōngbù qián　jiù yǒuwàiguó méitǐ dàdǎn tuīcè

釋憲 結果 將 對同婚 合法化有利[24]。會如此推測，除了因
shìxiàn jiéguǒ jiāng duì tónghūn héfǎ huà yǒu lì　huì rúcǐ tuīcè　chúle yīn

為臺灣 民 眾 對同志 較為 友善，且每年 的 同志 遊行
wèi Táiwān mínzhòng duì tóngzhì jiàowéi yǒushàn　qiě měinián de tóngzhì yóuxíng

辦得既熱鬧又 盛大 之外；那些支持 同性戀[25]、 雙 性
bàn de jì rènào yòu shèngdà zhīwài　nàxiē zhīchí tóngxìngliàn　shuāngxìng

戀[26]與跨性別[27]（LGBT）的年輕世代[28]，在公共事務[29]的
lián yǔ kuàxìngbié de niánqīng shìdài zài gōnggòng shìwù de

參與度也逐漸增高亦是重要的考量[30]。
cānyù dù yě zhújiàn zēng gāo yì shì zhòngyào de kǎoliáng

雖然目前臺灣在婚姻平權的道路上領先[31]於
su rán mùqián Táiwān zài hūnyīn píngquán de dàolù shàng lǐngxiān yú

其他亞洲國家，但傳統[32]社會規範[33]及長輩[34]帶來的壓力
qítā Yǎzhōuguójiā dàn chuántǒng shèhuì guīfàn jí zhǎngbèi dàilái de yālì

依然是同志需要面對的難題。
yīrán shì tóngzhì xūyào miànduì de nántí

而公布同性婚姻被禁止違反憲法後，究竟該修改
ér gōngbù tóngxìng hūnyīn bèi jìnzhǐ wéifǎn Xiànfǎ hòu jiùjìng gāi xiūgǎi

民法？還是另立專法？其實，到底應該如何修法，一直是個
Mínfǎ háishì lìng lì zhuānfǎ qíshí dàodǐ yīnggāi rúhé xiūfǎ yìzhí shì ge

備受爭議的問題。由此不難看出，要完善現有法律、
bèi shòu zhēngyì de wèntí yóu cǐ bù nán kànchū yào wánshàn xiànyǒu fǎlǜ

落實[35]平權觀念[36]，臺灣尚有一段漫長的路要走。
luòshí píngquán guānniàn Táiwān shàng yǒu yí duàn màncháng de lù yàozǒu

新聞來源

1. 同性婚姻釋憲結果出爐：違憲！（今周刊）

2. 挺同大勝！大法官：現行法律未允許同婚違憲 2年內修法（聯合新
   聞網）

3. 同性婚姻平權案 5/24公布釋憲結果（自由時報）

4. 亞洲首宗同性婚姻釋憲案公布結果，臺灣或將成為亞洲首個同婚合法化國家（端傳媒）

生詞 shēngcí Vocabulary

1.	同志婚姻	tóngzhì hūnyīn	gay marriage
2.	釋憲	shìxiàn	constitutional interpretation
3.	平權	píngquán	equal rights
4.	司法院	Sīfǎyuàn	Judicial Yuan
5.	大法官	dàfǎguān	Justice
6.	違憲	wéixiàn	unconstitutional
7.	祕書長	mìshūzhǎng	Secretary-General
8.	民法	Mínfǎ	Civil Code
9.	親屬	qīnshǔ	family
10.	牴觸	dǐchù	against; to conflict with
11.	性別	xìngbié	sex
12.	親密	qīnmì	intimacy
13.	排他	páitā	exclusivity

14.	瑕疵	xiácī	flaw
15.	修正	xiūzhèng	amendment
16.	憲法	Xiànfǎ	Constitution
17.	辯論	biànlùn	to debate
18.	意旨	yìzhǐ	meaning; intention
19.	宣告	xuāngào	announcement; declaration
20.	里程碑	lǐchéngbēi	milestone; landmark
21.	裁定	cáidìng	ruling
22.	先驅	xiānqū	pioneer
23.	推測	tuīcè	to presume
24.	有利	yǒulì	be advantage to
25.	同性戀	tóngxìngliàn	homosexual
26.	雙性戀	shuāngxìngliàn	bisexual
27.	跨性別	kuàxingbié	transgender
28.	世代	shìdài	generation
29.	公共事務	gōnggòng shìwù	public affair
30.	考量	kǎoliáng	consideration
31.	領先	lǐngxiān	ahead of; to be in the lead
32.	傳統	chuántǒng	traditional
33.	社會規範	shèhuì guīfàn	social norm

34.	長輩	zhǎngbèi	elder; senior
35.	落實	luòshí	to carry out; to fulfill
36.	觀念	guānniàn	concept; notion

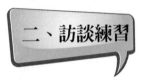

第一部分

請訪問你的同學，並寫下同學的回答。

1. 在你的國家，支不支持同志婚姻呢？

_____

_____

2. 你個人的想法如何，你支持同志婚姻嗎？

_____

_____

3. 你贊不贊同同志領養小孩，為什麼？

_____

_____

4. 請問，如果有一天，你的孩子跟你說他／她是同性戀，你會怎麼反應？

_____

_____

5. 請問，你對於多元成家的態度為何？

_____

_____

第二部分

如果你有機會，能夠訪問一位法律專家對於同志婚姻在法律上的
看法，你會準備哪些問題？請寫出五個你想問他的問題。

1. _____

2. _____

3. _____

4. _____

5. _____

三、想一想

1. 你是否同意同性婚姻合法化？為什麼？

_____

_____

2. 為什麼其他亞洲國家對於同志的態度比較保守？

_____

_____

3. 為什麼臺灣對LGBT的態度更友善呢？

_____

_____

4. 你認為政府認可同性婚姻後，應該修改現有法律還是另設一個專法
   呢？為什麼？

_____

_____

5. 你認為宗教信仰對於LGBT的觀感是否有影響？為什麼？

_____

_____

20 杜拜——奢華的異國饗宴
Dùbài　　　　shēhuá de yìguó xiǎngyàn

　　阿聯酋 航 空[1]自從 前 年 進入臺灣 市 場 後，　雙　向
　　Āliánqiú hángkōng zìcóng qiánnián jìnrù Táiwān shìchǎng hòu　shuāngxiàng

航班[2]的成績 連年　響 亮 ，旺季[3]的 時候 甚至 出 現 座無
hánbān　de chéngjī liánnián xiǎngliàng　wàngjì　de shíhòu shènzhì chūxiàn zuòwú

虛席[4]的 盛 景 。
　xūxí　de shèngjǐng

　　爲了因應持續 成 　長 的乘客[5]數，還有即將到來的
　　wèile yīnyìng chíxù chéngzhǎng de chéngkè shù　háiyǒu jíjiāng dàolái de

端午長假，阿聯酋 航 空 決定 在 端午 連假期間　加開
duānwǔ chángjià　Āliánqiú hángkōng juédìng zài duānw ǔ liánjià qíjiān　jiākāi

班機，讓 往 返杜拜和臺北 間 的旅客在 行 程 與時間 規劃
bānjī　ràng wǎngfǎn Dùbài hé Táiběi jiān de lǚkè zài xíngchéng yǔ shíjiān guīhuà

　上 可以 有 更 多 彈性[6]。
shàng kěyǐ　yǒugèngduō tánxìng

　　目 前 已安排5月26日及6月4日，分別加開一班 由 杜拜
　　mùqián yǐ ānpái　yuè　rì jí yuè　rì　fēnbié jiākāi yì bān yóu Dùbài

飛 往 臺北 的B777-300ER 航 班 ；5月27日及6月5日，也會各
fēiwǎng Táiběi de　hángbān　yuè　rì jí yuè rì　yě huì gè

加開一班由臺北 飛 往 杜拜的B777-300ER 航 班 。
jiākāi yì bānyóu Táiběi fēiwǎng Dùbài de　hángbān

　　若是 能力許可，　不妨 好好 把握此難得 的 端 午 連假，
　　ruòshì nénglì xǔkě　bùfáng hǎohǎo bǎwò cǐ nándé de Duānwǔ liánjià

搭上 飛往 杜拜 的阿聯酋專機， 享 受 一 趟 夢 幻 奢華[7]
dāshàng fēiwǎng Dùbài de Āliánqiú zhuānjī xiǎngshòu yí tàng mènghuàn shēhuá

的異國之旅吧！
de yìguó zhī lǜ ba

奢華 之旅的豐富 選擇
shēhuá zhī lǚ de fēngfù xuǎnzé

杜拜爲阿拉伯聯合大公國 之一，他的面積雖然只有 四千
Dùbàiwéi Ālābó liánhédàgōngguó zhī yī tā de miànjīsuīránzhǐyǒu sìqiān

多 平 方 公里，但 卻 堪 稱 「麻雀 雖小，五 臟 俱全」。
duōpíngfāng gōnglǐ dàn què kānchēng máquè suīxiǎo wǔzàng jùquán

由於杜拜 政 府 不希望 過度依賴石油[8] 產業，而大力
yóuyú Dùbài zhèngfǔ bù xīwàng guòdù yīlài shíyóu chǎnyè ér dàlì

推 動 觀 光 ，因此杜拜的主題 公 園 、度假 勝 景 以及
tuīdòng guānguāng yīncǐ Dùbài de zhǔtí gōngyuán dùjià shèngjǐng yǐjí

富麗 堂 皇 [9]的飯店林立，這些別具特色的建築設施，個個
fùlì tánghuáng de fàndiàn línlì zhèxiēbié jù tèsè de jiànzhú shèshī gègè

都 令人 大開眼界。
dōu lìngrén dà kāi yǎnjiè

首 先 ，先 來談談旅遊 之 中 的一大 重 點 ——住宿。
shǒuxiān xiān tái tántán lǚyóu zhīzhōng de yí dà zhòngdiǎn zhùsù

在杜拜 琳瑯 滿目[10]的飯店 之 中 ，該如何進行 挑 選 ，才
zài Dùbài línláng mǎnmù de fàndiàn zhīzhōng gāi rúhé jìnxíng tiāoxuǎn cái

能 選 到合意的一間呢？這實在是一大學問。早期我 們 在
néngxuǎndào hé yì de yì jiān ne zhè shízài shì yí dà xuéwèn zǎoqí wǒmen zài

影視媒體的薰陶[11]下，聽說了大名鼎鼎、號稱七星級
yǐngshì méitǐ de xūntáo xià   tīngshuō le dàmíng dǐngdǐng   hàochēng qīxīngjí

的「帆船飯店[12]」，甚至將帆船飯店與杜拜畫上
de Fánchuán fàndiàn   shènzhì jiāng Fánchuán fàndiàn yǔ Dùbài huàshàng

了等號，不過現在可得將這一錯誤觀念拋下，杜拜的
le děnghào   búguòxiànzài kě děi jiāngzhè yí cuòwù guānniàn pāoxià Dùbài de

飯店不只一間，且各具特色。
fàndiàn bùzhǐ yì jiān   qiě gè jù tèsè

接下來，就來介紹幾間不錯的飯店。第一間要介紹
jiē xià lái   jiù lái jièshào jǐ jiān búcuò de fàndiàn   dì yī jiān yào jièshào

的是酋長皇宮飯店（Emirates Palace），這間飯店位於
de shì Qiúzhǎng huánggōng fàndiàn   zhèjiān fàndiàn wèiyú

阿布達比海邊，其建築風格有著濃郁[13]的阿拉伯民族
Ābùdábǐ hǎibiān   qí jiànzhú fēnggé yǒuzhe nóngyù de Ālābó mínzú

特色。
tèsè

千萬別小看這間飯店，他可是世上造價[14]最昂貴
qiānwàn bié xiǎokàn zhèjiān fàndiàn   tā kěshì shìshàng zàojià zuì ángguì

的飯店，一共耗資了30億美元修建而成。由於整個
de fàndiàn   yígòng hàozī le yì měiyuán xiūjiàn érchéng yóuyú zhěng ge

飯店裡裡外外都相當奢華，因此一建成立刻就成為
fàndiàn lǐlǐ wàiwàidōu xiāngdāng shēhuá   yīncǐ yí jiànchéng lìkè jiùchéngwéi

繼帆船飯店之後，第二家被評等超過五星的豪華
jì fánchuán fàndiàn zhīhòu   dì èr jiā bèi píngděng chāoguò wǔxīng de háohuá

飯店。該飯店 的面積 共有24萬3千平方米，偌大的 空
fàndiàn　gāifàndiàn de miànjī gòngyǒu wàn qiān píngfāngmǐ　ruòdà de kōng

間 裡裝 設 了140座電梯，超 過1,000 盞 的 施華洛世奇 水
jiān lǐ zhuāngshè le　zuò diàntī chāoguò　zhǎn de　Shīhuáluòshìqí shuǐ

晶 吊 燈[15]以及100多個貼著金、銀色的馬賽克[16]玻璃 瓷 磚[17]的
jīng diàodēng yǐjí　duō ge tiēzhe jīn　yín sè de mǎsàikè　bōlí cízhuān de

圓 頂[18]，在 燈 光 的映襯下， 整 間 飯店 到處 都 亮
yuándǐng　zài dēngguāng de yìngchèn xià　zhěng jiān fàndiàn dàochù dōu liàng

晶 晶，可謂 光彩 奪目。
jīngjīng　kěwèi guāngcǎi duómù

　　而 房間 裡的配備 更 是 應 有 盡有，一臺50吋或61吋
　　ér fángjiān lǐ de pèibèi gèng shì yīngyǒu jìnyǒu　yì tái　cùnhuò　cùn

的互動式[19]電 漿 電視[20]， 供 房客 享 受 看 電視 或　上
de hùdòngshì　diànjiāng diànshì　gōng fángkè xiǎngshòu kàn diànshì huò shàng

網　的樂趣，且配有 先 進 的筆記型 電腦 和 具備 印表、
wǎng de lèqù　qiě pèiyǒu xiānjìn de bǐjìxíng diànnǎo hé jùbèi yìnbiǎo

掃描、 傳 真 等功能 於一體的多功 能 事務機[21]。而
sǎomiáo　chuánzhēn děnggōngnéng yú yì tǐ de duōgōngnéng shìwùjī　ér

透過 觸摸 床 頭 的螢幕[22]， 更 可以 控制 房間 內的所
tòuguò chùmō chuángtóu de yíngmù　gèng kěyǐ kòngzhì fángjiān nèi de suǒ

有 設施， 像是 燈光 、 空 調溫度和娛樂節目，互動式
yǒu shèshī　xiàng shì dēngguāng　kōngtiáo wēndù hé yúlè jiémù　hùdòngshì

電視 甚至 可以 讓 你不用出門 就能 夠購買 飯店　商
diànshì shènzhì kěyǐ ràng nǐ búyòng chūmén jiù nénggòu gòumǎi fàndiàn shāng

場 的紀念品。不過，值得提醒大家的是，若要 進 這座 專
chǎng de jìniànpǐn búguò zhídé tíxǐng dàjiā de shì ruòyào jìn zhèzuò zhuān

門 服務「國王」、「女王」的 皇 宮 用餐 的話，可要
mén fúwù guówáng nǚwáng de huánggōng yòngcān de huà kě yào

符合他們 服 裝 儀容[23] 的限制喔。
fúhé tāmen fúzhuāng yíróng de xiànzhì ō

　　　如果 皇 宮 讓你 感到拘束[24]，感到不自在的話，那
rúguǒ huánggōng ràng nǐ gǎndào jūshù gǎndào bú zìzài dehuà nà

麼，不妨選擇 沙漠綠洲渡假村（Al Maha Resort），體驗 廣
me bùfángxuǎnzé Shāmòlǜzhōu dùjiàcūn tǐyàn guǎng

袤[25]的 沙漠與野 生 動物[26]帶來的視覺 饗宴[27]。
mào de shāmò yǔ yěshēng dòngwù dàilái de shìjué xiǎngyàn

　　　沙漠 綠洲渡假村 是世界上 唯一建造 於沙漠 野 生
Shāmò lǜzhōu dùjiàcūn shì shìjiè shàng wéiyī jiànzào yú shāmò yěshēng

保護區[28]內的飯店 ，該處還是 目前 被 國家列入保護的最大
bǎohùqū nèi de fàndiàn gāichù háishì mùqián bèi guójiā lièrù bǎohù de zuì dà

地下水源區。
dìxiàshuǐ yuánqū

　　　這 間飯店 的 占地 共有27 平 方 公里，足足有臺灣 的
zhè jiānfàndiàn de zhàndì gòngyǒu píngfāng gōnglǐ zúzú yǒuTáiwān de

六福村250倍大。在 這麼 龐大的 空 間裡， 竟然只蓋了三十
liùfúcūn bèi dà zài zhème pángdà de kōngjiān lǐ jìngránzhǐgài le sānshí

多 間的獨立套房[29]，這些套房 每 間 都 有私人[30]的 游 泳
duō jiān de dúlì tàofáng zhèxiētàofáng měi jiān dōu yǒu sīrén de yóuyǒng

235

池，可以說既能 享 受 大自然，又能 享 受 文明 [31] 帶來
chí　　kěyǐ shuō jì néng xiǎngshòu dàzìrán　　yòu néng xiǎngshòu wénmíng　dàilái

的便利，因此要訂到 房間 還 真是 不容易，目前 堪 稱
de biànlì　　yīncǐ yàodìngdào fángjiān hái zhēnshì bù róngyì　mùqián kānchēng

是一 房 難求。
shì yì fángnánqiú

　　最後，值得一提的是， 整 個園區分 成 兩部分： 有
　　zuìhòu　 zhí dé yì tí de shì　　zhěng ge yuán qū fēnchéngliǎng bù fèn　　yǒu

生 態保護區與 緩　衝 區 [32]，所以若是在飯店裡看到 羚
shēng tài bǎo hù qū yǔ huǎn chōng qū　　suǒ yǐ ruò shì zài fàn diàn lǐ kàn dào líng

羊 、 斑馬，甚至是潛伏在草堆 中 的黑豹都別太 驚 訝。
yáng　　bānmǎ　shènzhì shìqián fú zài zǎoduī zhōng de hēibào dōu bié tài jīng yà

　　如果不 中意 滾 滾 沙漠與 高 照的 豔陽 ， 那麼
　　rúguǒ bú zhòngyì gǔngǔn shāmò yǔ gāozhào de yànyáng　　nàme

亞特蘭提斯飯店（Atlantis Hotel Dubai）主打的「海 洋風格」
　Yàtèlántīsī　fàndiàn　　　　　　　　　　　　zhǔdǎ de　　hǎiyángfēnggé

或許可以列入你的選擇 清單。亞特蘭提斯飯店 最大的特色就
huòxǔ kěyǐ lièrù nǐ de xuǎnzé qīngdān　　Yàtèlántísī　fàndiàn zuì dà de tèsè jiù

是有一個 超級大型的 鹹水湖，湖裡飼養了6萬5千 條 魚。
shìyǒu yí ge chāojídàxíng de xiánshuǐhú　 hú lǐ sìyǎng le　wàn　qiān tiáo yú

　　該飯店 為了要替大人小孩 建構 出夢 想　中 的
　　gāi fàndiàn　wèile yào tì dàrén xiǎohái jiàngòu chū mèngxiǎng zhōng de

亞特蘭提斯帝國，還建了一座海豚池，裡頭 共 養 了20多條
　Yàtèlántísī　dìguó　háijiàn le yí zuòhǎitúnchí　lǐtou gòngyǎng le　　duōtiáo

瓶鼻海豚[33]。
píngbíhǎitún

除了鹹水湖[34]和海豚池外，在這個渡假村中，還有一
chúle xiánshuǐhú hé hǎitúnchí wài zàizhè ge dùjiàcūn zhōng háiyǒu yí

個屬於飯店的水上樂園。最特別的是，旅館裡有2間
ge shǔyú fàndiàn de shuǐshàng lèyuán zuì tèbié de shì lǚguǎn lǐ yǒu jiān

「海底」客房，也就是從臥室或浴室的窗戶便能看到
hǎidǐ kèfáng yě jiù shì cóng wòshì huò yùshì de chuānghù biàn néngkàndào

成群結隊[35]的魚群從眼前游過，讓人彷彿置身於深
chéngqún jiéduì de yúqún cóng yǎnqián yóuguò ràng rén fǎngfú zhìshēnyú shēn

海的亞特蘭提斯城中一樣。
hǎi de Yǎtèlántísī chéng zhōng yíyàng

覺得以上三個選擇會讓你的荷包大失血？你也可以選
juéde yǐshàng sān ge xuǎnzé huì ràng nǐ de hébāo dàshīxiě nǐ yě kěyǐ xuǎn

擇較為經濟實惠的飯店。杜拜凡賽斯酒店（Palazzo Versace
zé jiàowéi jīngjì shíhuì de fàndiàn Dùbài Fánsàisī jiǔdiàn

Dubai） 正是間你我都住得起的飯店，雖然他是間經濟
zhèng shìjiān nǐ wǒdōu zhù de qǐ de fàndiàn suīrán tā shìjiān jīngjì

型[36]的酒店，但他的來頭也不小。這間飯店剛於去年
xíng de jiǔdiàn dàn tā de láitóu yě bùxiǎo zhè jiān fàndiàn gāngyú qùnián

開幕，整棟建築體參考了16世紀的義大利宮殿，而其
kāimù zhěng dòng jiànzhútǐ cānkǎo le shìjì dé Yìdàlì gōngdiàn ér qí

室內裝潢[37]與家具擺設更是由時裝[38]品牌設計師
shìnèi zhuānghuáng yǔ jiājù bǎishè gèng shì yóu shízhuāng pǐnpái shèjìshī

唐娜特拉·凡賽斯（Donatella Versace）一手 打造而成。
Tángnàtèlā　　Fánsàisī　　　　　　　　　　yì shǒu dǎzào érchéng

然而，這間飯店 有別於其他奢華的 飯店，反而主打親民
ránér　　zhèjiān fàndiàn yǒubiéyú qítā shēhuá de fàndiàn　　fǎnér zhǔdǎ qīnmín

價格，這 讓 國人 到 杜拜旅行不再遙不可及。
jiàgé　　zhè ràng guórén dào Dùbài lǚxíng búzài yáo bù kě jí

　　杜拜的飯店 當然 不只 有 前 面 提到 的幾間，旅遊時
　　Dùbài de fàndiàn dāngrán bù zhǐ yǒu qiánmiàn tídào de jǐ jiān　　lǚyóu shí

更 不是只有 飯店 別出心裁 的設備 可供 我們 享 受 。
gèng bú shì zhǐyǒu fàndiàn biéchū xīncái de shèbèi kě gōng wǒmen xiǎngshòu

究竟杜拜有 什麼 美食、景致[39]，就留給各位實際走訪、一
jiùjing Dùbài yǒu shénme měishí　jǐngzhì　　jiù liú gěi gèwèi shíjì zǒufǎng　yí

探究竟囉！
tànjiùjìngluō

新聞來源

1. 中停杜拜一次玩兩國　阿聯酋端午連假加開班機（今日新聞）
2. 阿聯酋航空6月加開2班次杜拜往返桃園（東森旅遊雲）
3. 聯酋航空端午節加班機　中轉或中停杜拜旅遊去（中時電子報）
4. 阿聯酋航空端午節　加開班機（聯合新聞網）
5. 端午節出國玩　阿聯酋加開班機往返杜拜與台北（蘋果即時）

Vocabulary

1.	航空	hángkōng	airline
2.	航班 / 班機	hángbān / bānjī	flight
3.	旺季	wàngjì	high season
4.	座無虛席	zuòwú xūxí	packed; all seats are occupied
5.	乘客	chéngkè	passenger
6.	彈性	tánxìng	flexible
7.	奢華	shēhuá	luxury
8.	石油	shíyóu	petroleum
9.	富麗堂皇	fùlì tánghuáng	magnificent
10.	琳瑯滿目	línláng mǎnmù	a superb collection of something
11.	薰陶	xūntáo	nurture
12.	帆船飯店	Fánchuán fàndiàn	Burj Al Arab Jumeirah
13.	濃郁	nóngyù	rich; quite much
14.	造價	zàojià	building cost
15.	水晶吊燈	shuǐjīng diàodēng	chandelier
16.	馬賽克	mǎsàikè	mosaic

17.	玻璃磁磚	bōlí cízhuān	glass tiles
18.	圓頂	yuándǐng	dome; vaulting
19.	互動式	hùdòngshì	interactive
20.	電漿電視	diànjiāng diànshì	plasma display panel TV
21.	多功能事務機	duō gōngnéng shìwùjī	multifunction printer
22.	螢幕	yíngmù	screen
23.	儀容	yíróng	appearance; looks
24.	拘束	jūshù	restricted
25.	廣袤	guǎngmào	vast
26.	野生動物	yěshēng dòngwù	wildlife
27.	視覺饗宴	shìjué xiǎngyàn	visual feast
28.	野生保護區	yěshēng bǎohù qū	game park
29.	套房	tàofáng	suite
30.	私人	sīrén	private
31.	文明	wénmíng	civilization
32.	緩衝區	huǎnchōngqū	buffer area
33.	瓶鼻海豚	píngbí hǎitún	bottlenose dolphin
34.	鹹水湖	xiánshuǐhú	saltwater lake
35.	成群結隊	chéngqún jiéduì	gathering in crowds

36.	經濟型	jīngjìxíng	economy
37.	裝潢	zhuānghuáng	decoration
38.	時裝	shízhuāng	fashion
39.	景致	jǐngzhì	scenery

二、訪談練習

第一部分

請訪問你的同學，並寫下同學的回答。

1. 你時常出國旅遊嗎？去過的國家，你最喜歡哪裡呢？

_____

_____

2. 你個人比較喜歡奢華還是簡單的旅行呢？

_____

_____

3. 旅行時，你喜歡跟團還是自由行呢？

_____

_____

4. 出國旅遊選擇飯店時，你會特別注重哪些部分？為什麼？

_____

_____

5. 你覺得這輩子一定要去的地方有哪些？

_____

_____

第二部分

如果你有機會，能夠訪問杜拜某間飯店的老闆，你會準備哪些問題？請寫出五個你想問他的問題。

1. _____

2. _____

3. _____

4. _____

5. _____

三、想一想

1. 請問你或身邊的人去過杜拜嗎？若沒有，你會想要去嗎？

_____

_____

2. 請簡述你對杜拜的了解。

_____

_____

3. 請問你出國通常都會住哪種飯店呢？你覺得出國住宿時，飯店裡應該
   要有哪些設備或服務呢？

_____

_____

4. 請問設立在沙漠野生保護區或深海裡的飯店會吸引你嗎？

_____

_____

5. 請問你享受與大自然為伍嗎？

_____

_____

21 相伴 32 年，小畫家 將走入歷史
xiāngbàn nián Xiǎohuàjiā jiāng zǒu rù lìshǐ

受 到 Photoshop、Pixia 等 繪圖[1]軟體[2]的 衝擊[3]，微 軟
shòudào　　　　　　　　　děng huìtú　ruǎntǐ　de chōngjí　　wéiruǎn

（Microsoft）決定 停止 開發[4]面世32年 的「小畫家」。
　　　　　　juédìng tíngzhǐ kāifā miànshì nián de　Xiǎohuàjiā

根據《科技新報》（Tech News）表示，秋季發布[5]的「Win-
gēnjù　Kējì xīnbào　　　　　　　　biǎoshì　 qiūjì fābù　de

dows10 創 作 者 更新」（Windows 10 Creators Update） 中 ，
　　　chuàngzuòzhěgēngxīn　　　　　　　　　　　　　　　zhōng

小 畫 家 被 列 入「棄用[6]」 名 單 ， 名 單 中
Xiǎohuàjiā　bèi　lièrù　　qìyòng　　míngdān　　míngdān　zhōng

還有 另一 項 大家熟悉[7]的 郵件[8]軟體Outlook Express，因
háiyǒu　lìng yí xiàng dàjiā shóuxī de yóujiàn ruǎntǐ　　　　　　yīn

線 上 郵件 服務日益[9]發達[10]，也 將 在這一次的作業 系統[11]
xiànshàng yóujiàn fúwù rì yì　fādá　　 yě jiāngzài zhè yí cì de zuòyè xìtǒng

升級[12] 中 被 移除[13]。
shēngjí　zhōng bèi yíchú

小 畫家（Microsoft Paint）是 微軟 公司Windows作業
Xiǎo huàjiā　　　　　　　　　shì wéiruǎn gōngsī　　　　　zuòyè

系統 的 圖像[14]繪畫 軟體，自發布以來，大部分 的Windows
xìtǒng de túxiàng huìhuà ruǎntǐ　zì fābù yǐlái　　dàbùfèn de

作業系統 都 會 內建[15]小畫家 軟體。 從 第一代 微軟 視
zuòyè xìtǒng dōu huì nèijiàn　Xiǎohuàjiā ruǎntǐ　cóng dì yī dài wéiruǎn shì

窗　 Windows 1.0系統 開始，小畫家就已經是 內建 的配備[16]
chuāng　　　　　　xìtǒng kāishǐ　Xiǎohuàjiā jiù yǐjīng shì nèijiàn de pèibèi

軟 件，因此 算 算 時間，小畫家已經有32 年的歷史了。 剛
ruǎnjiàn　　yīncǐ suànsuàn shíjiān　Xiǎohuàjiā yǐjīng yǒu　nián de lìshǐ le　　gāng

開始 時，小畫家 只 能 支 援 1-bit 單色 形圖，也就是 只　能
kāishǐ shí　Xiǎohuàjiā zhǐ néng zhīyuán　　dānsè xíngtú　yě jiù shì zhǐ néng

以 黑、白 兩色 呈 現　圖像，檔案 格式[17]也只有MSP和BMP
yǐ hēi　báiliǎngsè chéngxiàn túxiàng　dǎngàn géshì　yě zhǐyǒu　　　hé

兩　 種 。
liǎng zhǒng

　　一直要到Windows 3.0後，小畫家才開始支 援 彩色[18] 圖
　　yìzhí yàodào　　　　　hòu　Xiǎohuàjiā cái kāishǐ zhīyuán　cǎisè　　tú

像　；至於PNG、GIF、JPEG 等 圖片格式則是要 等 到Win-
xiàng　zhìyú　　　　　　　　　děng túpiàn géshì zé shì yào děng dào

dows 98才 能 支 援[19]。
　　　　cái néng zhīyuán

　　由於 小 畫家 操作 版 面[20] 相 當 簡單，例如大家所
　　yóuyú Xiǎo huàjiā cāozuò bǎnmiàn　xiāngdāng jiǎndān　lìrú dàjiā suǒ

熟悉 的「鉛筆」、「噴 槍 」、「橡皮擦」 等 等 ，都 是
shóuxī de　qiānbǐ　　pēnqiāng　　xiàngpícā　děngděng　dōu shì

一下就 能 上 手 的基礎[21] 功 能[22]。
yíxià jiù néng shàngshǒu de jīchǔ　gōngnéng

　　因為 很 好 用 ，所以 這些基礎 功 能 都 是 從 最早的
　　yīnwèi hěn hǎoyòng　suǒyǐ zhèxiē jīchǔ gōngnéng dōu shì cóng zuì zǎo de

Windows 1.0版本 一直 沿用²³ 至今。除此之外，不論 是做
bǎnběn yìzhí yányòng zhìjīn chú cǐ zhīwài búlùn shìzuò

些簡單 的圖片 剪裁²⁴ 或是塗鴉²⁵也都 相 當 方便， 正因
xiējiǎndān de túpiàn jiǎncái huòshì túyā yě dōuxiāngdāng fāngbiàn zhèngyīn

如此小畫家 才會 深 受 許多 電繪初學者²⁶ 的喜愛。
rúcǐ Xiǎohuàjiā cái huì shēnshòu xǔduō diànhuìchūxuézhě de xǐài

據 微 軟 統計²⁷，截至去年 為止²⁸，每 個月 尚 有 一億
jù wéiruǎn tǒngjì jiézhì qùnián wéizhǐ měi ge yuè shàng yǒu yí yì

用戶²⁹在 使用 小畫家。
yònghù zài shǐyòng Xiǎohuàjiā

但是，由於 近幾年 各式 新出 的繪圖 軟體 功 能 日益
dànshì yóuyú jìn jǐ nián gè shì xīnchū de huìtú ruǎntǐ gōngnéng rì yì

完 善³⁰，使得小畫家 即便 是 不斷 地升級，仍然 趕不上
wánshàn shǐde Xiǎohuàjiā jíbiàn shì búduàn de shēngjí réngrán gǎnbúshàng

時下³¹的繪圖軟體。例如，去年（2016）所 推出³² 的小畫家
shíxià de huìtú ruǎntǐ lìrú qùnián suǒ tuīchū de Xiǎohuàjiā

3D（Paint 3D）軟體，本來預計取代舊版³³ 的小畫家， 讓
ruǎn tǐ běnlái yùjì qǔdài jiùbǎn de Xiǎohuàjiā ràng

大家可以輕易地製作 平 面³⁴ 或立體³⁵繪圖，但是 經過 一般
dàjiā kěyǐ qīngyì de zhìzuò píngmiàn huò lìtǐ huìtú dànshì jīngguò yìbān

用戶 測試³⁶ 後，對 小畫家3D 的 評價³⁷ 並不高。
yònghù cèshì hòu duì Xiǎohuàjiā de píngjià bìng bù gāo

微 軟 將 棄用 小畫家 的消息 一出，即引發了國內外
wéiruǎn jiāng qìyòng Xiǎohuàjiā de xiāoxí yì chū jí yǐnfā le guónèiwài

248

網 友 一 片 哀 號[38]，甚 至 有 網 民 在 社 交 網 站 上 分 享
wǎngyǒu yí piàn āiháo　　　　shènzhì yǒu wǎngmín zài shèjiāo wǎngzhàn shàng fēnxiǎng

用 小 畫 家 繪 製 的「小 畫 家 墓 碑[39]」，墓 碑 上 則 寫 出 了
yòng Xiǎohuàjiā huìzhì de　Xiǎohuàjiā mùbēi　　　mùbēi shàng zé xiěchū le

小 畫 家 的 生 存 年 分「PAINT，1985-2017」。
Xiǎohuàjiā de shēngcún niánfèn

微 軟 公 司 隨 後 出 面 澄 清[40]，小 畫 家 不 會 完 全 消
wéiruǎn gōngsī suíhòu chūmiàn chéngqīng　Xiǎohuàjiā bú huì wánquán xiāo

失，而 是 被 列 入「放 棄 積 極[41]開 發」的 清 單 中 。以 後 小 畫
shī　érshì bèi lièrù　fàngqì jījí　kāifā de qīngdān zhōng　yǐhòu Xiǎohuà

家 的 功 能 則 是 會 併 入[42]小 畫 家 3D（Paints 3D）之 中 ，
jiā de gōngnéng zé shì huì bìngrù Xiǎohuàjiā　　　　　zhī zhōng

日 後 希 望 大 家 在 使 用 Windows 10 更 新 系 統 時 ，能 盡 情
rìhòu xīwàng dàjiā zài shǐyòng　　　　gēngxīn xìtǒng shí　néng jìnqíng

享 受 小 畫 家 3D。
xiǎngshòu Xiǎohuàjiā

如 果 還 是 不 習 慣 ，還 是 很 懷 念 以 往 熟 悉 的
rúguǒ háishì bù xíguàn　háishì hěn huáiniàn yǐwǎng shóuxī de

小 畫 家 ，那 麼 用 戶 依 然 可 以 在 Windows Store 中 免 費 下 載
Xiǎohuàjiā　nàme yònghù yīrán kěyǐ zài　　　　zhōng miǎnfèi xiàzài

小 畫 家 。
Xiǎohuàjiā

新聞來源

1. 陪伴32年 微軟「小畫家」恐消失（自由時報）

2. 「小畫家」將消失？微軟：仍可在WinStore下載（蘋果即時）

3. 微軟官網宣布停止開發，「小畫家」未來可能將會消失（ePrice）

4. 再見小畫家！微軟經典繪圖工具將停止更新（BBC中文網）

Vocabulary

1.	繪圖 / 電繪	huìtú	computer graphics
2.	軟體	ruǎntǐ	software
3.	衝擊	chōngjí	impact
4.	開發	kāifā	to develop
5.	發布	fābù	to release
6.	棄用	qìyòng	to abandon
7.	熟悉	shóuxī	familiar
8.	郵件	yóujiàn	mail
9.	日益	rìyì	increasingly
10.	發達	fādá	well-developed
11.	作業系統	zuòyè xìtǒng	operating system

12.	升級	shēngjí	to upgrade
13.	移除	yíchú	to remove
14.	圖像	túxiàng	image
15.	內建	nèijiàn	to be built-in
16.	配備	pèibèi	equipment
17.	格式	géshì	format
18.	彩色	cǎisè	colored
19.	支援	zhīyuán	to support
20.	操作版面	cāozuò bǎnmiàn	operating layout
21.	基礎	jīchǔ	fundamental
22.	功能	gōngnéng	function
23.	沿用	yányòng	to continue using
24.	剪裁	jiǎncái	to cut
25.	塗鴉	túyā	to scrabble
26.	初學者	chūxuézhě	beginner
27.	統計	tǒngjì	statistics
28.	截至……為止	jiézhì wéizhǐ	until
29.	用戶	yònghù	user
30.	完善	wánshàn	perfect

31.	時下	shíxià	current; nowadays
32.	推出	tuīchū	to launch
33.	舊版	jiùbǎn	old version
34.	平面	píngmiàn	plane; two dimensional
35.	立體	lìtǐ	stereoscopic; three dimensional
36.	測試	cèshì	to test
37.	評價	píngjià	opinion; feedback
38.	哀號	āiháo	to wail
39.	墓碑	mùbēi	gravestone
40.	澄清	chéngqīng	to clarify
41.	積極	jījí	actively
42.	併入	bìngrù	to be merged into

二、訪談練習

第一部分

請訪問你的同學，並寫下同學的回答。

1. 你最常使用的電腦軟體或APP是哪一個呢？

_____

_____

2. 你為何選擇這個軟體或APP？它有什麼優點？

_____

_____

3. 你覺得這個軟體或APP有什麼需要改進的地方嗎？

_____

_____

4. 如果這個軟體或APP無法再提供給大家使用了，對你的生活和工作會
   造成什麼樣的影響？

   _____

   _____

5. 你會如何克服這個問題？

   _____

   _____

第二部分

如果你有機會，能夠訪問一位在微軟工作，負責開發新程式的員工，你
會準備哪些問題？請寫出五個你想問他的問題。

1. _____

2. _____

3. _____

4. _____

5. _____

三、想一想

1. 為什麼小畫家會成為停止繼續開發的軟體呢？

_____

_____

2. 請問，為什麼小畫家功能不及Photoshop等軟體，卻依然有那麼多人愛用呢？

_____

_____

3. 你最常使用哪一個繪圖軟體呢？為什麼？

_____

_____

4. 請問，你以前用過小畫家嗎？你覺得方便嗎？在小畫家被新的作業系統移除後，你會去Windows Store下載嗎？為什麼？

_____

5. 你認為電腦繪圖軟體最應該著重的是哪一部分？為什麼？

㉒ 宏達電 出售 手機 研發部，寄望
Hóngdádiàn chūshòu shǒujī yánfābù jìwàng
AR與VR產業
yǔ chǎnyè

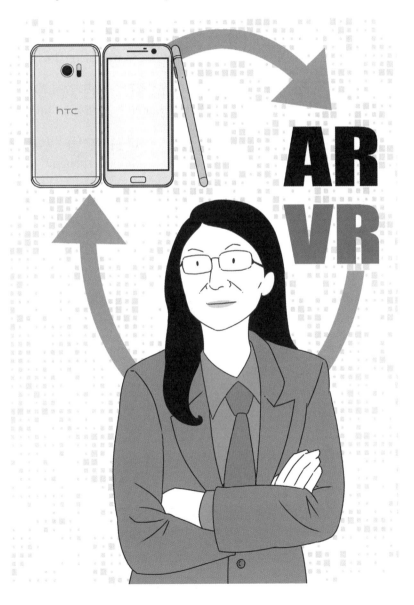

一、新聞稿

宏達電出售替Google打造Pixel手機的ODM（Original
Hóngdádiàn chūshòu tì dǎzào shǒujī de

Design Manufacturer）部門，收入[1]11億美元。據稱，這次
bùmén shōurù yì měiyuán jùchēng zhè cì

的收入有可能會運用於現金減資[2]，把錢還給長期
de shōurù yǒu kěnéng huì yùnyòng yú xiànjīn jiǎnzī bǎ qián huángěi chángqí

被低迷股價套牢[3]的宏達電股東[4]，是HTC爭取投資者[5]信
bèi dīmí gǔjià tàoláo de Hóngdádiàn gǔdōng shì zhēngqǔ tóuzīzhě xìn

心[6]的重要一步，也是未來能否以VR產業扳回一城[7]
xīn de zhòngyào yí bù yě shì wèilái néngfǒu yǐ chǎnyè bānhuí yì chéng

的關鍵[8]決策[9]。
de guānjiàn juécè

靠智慧型手機[10]品牌[11]HTC打響名號的宏達電董事
kào zhìhuìxíng shǒujī pǐnpái dǎxiǎng mínghào de Hóngdádiàn dǒngshì

長[12]王雪紅，曾帶領HTC擠進全球智慧型手機品牌
zhǎng Wángxuěhóng céng dàilǐng jǐjìn quánqiú zhìhuìxíng shǒujī pǐnpái

前三名，也曾成為臺灣首富，更曾被美國國際科
qián sānmíng yě céng chéngwéi Táiwān shǒufù gēng céng bèi Měiguó guójì kē

技[13]界婦女組織與CNN聯合評選為全球科技界十大女強人
jì jiè fùnǚ zǔzhī yǔ liánhé píngxuǎn wéi quánqiú kējìjiè shí dà nǚqiángrén

之一。但近期因市場評估失利，加上主打低價位的
zhīyī dàn jìnqí yīn shìchǎng pínggū shīlì jiāshàng zhǔdǎ dī jiàwèi de

智慧型 手機品牌 頻頻崛起[14]，致使HTC在與 蘋 果 、 三 星
zhìhuìxíng shǒujī pǐnpái pínpín juéqǐ　　zhìshǐ　　zài yǔ Píngguǒ　Sānxīng

的 競 爭 中 落敗了下來。雖然HTC在七月時，推出了新
de jìngzhēng zhōng luòbài le xiàlái　suīrán　　zài qī yuè shí　tuīchū le xīn

旗艦[15] 機種 U11 很 受 消費者喜愛，一度帶動了低迷的買
qíjiàn　 jīzhǒng　　　 hěn shòu xiāofèizhě xǐài　　yídù dàidòng le dīmí de mǎi

氣；然而，該 款 手機的 銷 售 高 峰[16]只維持一個月，八
qì　　ránér　　gāi kuǎn shǒujī de xiāoshòu gāofēng　zhǐ wèichí yí ge yuè　　bā

月份的 銷 售 量[17] 即大幅下滑[18]，月 總 收入跌至30億新臺
yuèfèn de xiāoshòuliàng　jí dàfú xiàhuá　　yuè zǒng shōurù diézhì　　yì xīntái

幣， 相 當 於9,969萬 美 元 ， 創 下 13 年 來最低月 收記
bì　　xiāngdāng yú　　　wànměiyuán　chuàngxià　nián lái zuì dī yuèshōu jì

錄，與七月份 相 比 ，收入 暴跌[19]了近51.5%。
lù　　yǔ qī yuè fèn xiāngbǐ　shōurù bàodié　le jìn

　　　就在HTC 營 運[20] 狀 況 越來越糟糕之際，外界不斷
jiù zài　　　yíngyùn　zhuàngkuàng yuèláiyuè zāogāo zhījì　　wàijiè búduàn

傳 出 HTC要出 售 公司資產[21] 的消息。 沒 想 到 二十日 晚
chuánchū　　yàochūshòu gōngsīzīchǎn de xiāoxí　méixiǎngdào èrshí rì wǎn

間 ，HTC 先 是 宣布股票 將 於次日暫 停 交易，接著即 證
jiān　　　xiān shì xuānbù gǔpiào jiāng yú　cìrì zhàntíng jiāoyì　jiēzhe jí zhèng

實[22] 傳 言 ，HTC 將 出 售部分或 整體資源 給Google公
shí　　chuányán　　　jiāng chūshòu bùfèn huò zhěngtǐ zīyuán gěi　　gōng

司， 雙 方 宣布達成330億新臺幣， 相 當 於 市值11億美
sī　　shuāngfāng xuānbù dáchéng　yì xīntáibì　xiāngdāngyú shìzhí　yì měi

元 的 正式 協定[23]，HTC手機研發[24] 團隊ODM（ 原 廠 設
yuán de zhèngshì xiédìng   shǒujī yánfā   tuánduì   yuánchǎng shè

計 代 工 ）部門 及 授 權[25] 專利[26] 將 併入Google公司。
jì dàigōng   bùmén jí shòuquán   zhuānlì   jiāng bìngrù   gōngsī

據業界人士 表示， 宏 達 電 將 手機研發 團隊 賣給
jù yèjiè rénshì biǎoshì   Hóngdádiàn jiāng shǒujī yánfā tuánduì màigěi

Google 後， 將 會 對 市 場 帶來 正 面 的 影 響。消息宣布
hòu   jiāng huìduì shìchǎng dàilái zhèngmiàn de yǐngxiǎng   yāoxí xuānbù

當日， 宏 達 電 重 新 恢復交易，一開盤[27]， 每 股的 淨 值[28]就
dāngrì   Hóngdádiànchóngxīn huīfù jiāoyì   yì kāipán   měi gǔ de jìngzhí jiù

增 加 了40.17 元 。
zēngjiā le   yuán

現在， 宏 達 電 每股淨值來到了56.71 元 ，如果與Google
xiànzài   Hóngdádiàn měigǔjìngzhíláidào le   yuán   rúguǒ yǔ

協議的330億 入 帳 後， 每 股 淨 值 更 可 增加 到 96.88 元 。
xiéyì de   yì rùzhàng hòu   měi gǔ jìngzhí gèng kě zēngjiā dào   yuán

宏 達 電 董 事 長 聲 明 ， 智慧型手機的研發 並 不
Hóngdádiàn dǒngshìzhǎng shēngmíng   zhìhuìxíng shǒujī de yánfā bìng bú

會 結束，但會 網 羅[29] 大 量 人才， 將 研發 重 新 擴 展[30]至
huì jiéshù   dànhuì wǎngluó dàliàng réncái   jiāng yánfā chóngxīn kuòzhǎn zhì

VR（虛擬實境） 和 未來 物 聯 網 產品， 目前 也 正 積極
xūnǐ shíjìng   hé wèilái wùliánwǎng chǎnpǐn   mùqián yě zhèng jījí

準 備 下一代的旗艦 機種 。
zhǔnbèi xià yí dài de qíjiàn jīzhǒng

其實，對於宏達電將未來投注於AR（擴增實境）、VR產業，各界人士評價好壞參半。有人認為宏達電難以再創風光，因為FB早已花了20億美元併購VR頭盔Oculus Rift，而三星也有Gear VR，至於Google也有Cardboard，各大企業都想在虛擬裝置產業一爭高下，但連續幾年下來各家的營收都不理想。HTC若想在這一塊上面插旗，日後能否得到回饋[31]還真是未知數。但也有人認為，宏達電獲得了330億新臺幣的挹注，當可帶來長期正面的影響。因為宏達電有了資金[32]之後，不只能專注投入研發VR產業，還可以藉由與Google攜手[33]，增加雙方在AR、VR合作的可能性。去年HTC Vive的銷量為42萬，雖然比不上三星Gear VR 451

萬 的 銷 量 ， 但 對 剛 起步的HTC 來說 依舊 成 績 不俗。
wàn de xiāoliáng　　dànduì gāng qǐbù de　　　láishuō yījiù chéngjī bùsú

整 體 看 來 ， 宏 達 電 縮減[34]了 手機 研發部門， 將 希 望
zhěngtǐ kànlái　Hóngdádiàn suōjiǎn le shǒujī yánfā bùmén　jiāng xīwàng

寄託於HTC Vive，勢必有 一 段 漫 長 艱辛的路要走。不
jìtuō yú　　　　　shìbì yǒu yí duàn màncháng jiānxīn de lù yào zǒu　bú

過， 賣出手機 研發部門 所 獲得的330億現金可以用 來 彌補[35]
guò　màichūshǒujī yánfā bùmén suǒ huòdé de　　yì xiànjīn kěyǐ yònglái míbǔ

連 年 虧損[36] 的 缺口， 將 錢 還給 被 套牢的股東 們，
liánnián kuīsǔn　　de quēkǒu　jiāng qián huángěi bèi tàoláo de gǔdōng men

重 新 贏回投資者的信任，這對HTC而言，可以 說 是 邁 向
chóngxīn yínghuí tóuzīzhě de xìnrèn zhèduì　　éryán　　kěyǐ shuō shìmàixiàng

轉 型[37] 的 重 要 一步！
zhuǎnxíng　de zhòngyào yí bù

新聞來源
1. 宏達電出售手機代工部門給Google，交易金額金臺幣330億元（財經新報）
2. 宏達電出售手機代工部門　共建EPS 40元（經濟日報）
3. 宏達電Google新合作　出售Pixel部門進帳330億元（中央通訊社）
4. 11億美元賣掉代工團隊後，宏達電品牌的下一步怎麼走？（數位時代）
5. 台宏達電手機代工　330億賣Google（大紀元）
6. 傳HTC手機賣Google　宏達電今揭曉（自由時報）

生詞 shēngcí Vocabulary

1.	收入	shōurù	revenue
2.	減資	jiǎnzī	reduction of capital
3.	套牢	tàoláo	to be tied up
4.	股東	gǔdōng	shareholder
5.	投資者	tóuzīzhě	investor
6.	信心	xìnxīn	confidence
7.	扳回一城	bānhuí yìchéng	to even up the odds
8.	關鍵	guānjiàn	key
9.	決策	juécè	decision
10.	智慧型手機	zhìhuìxíng shǒujī	smartphone
11.	品牌	pǐnpái	brand
12.	董事長	dǒngshìzhǎng	president; chairman
13.	科技	kējì	technology
14.	崛起	juéqǐ	to rise; to spring up
15.	旗艦	qíjiàn	flagship
16.	高峰	gāofēng	peak
17.	銷售量	xiāoshòuliàng	sales volume

18.	下滑	xiàhuá	to decline
19.	暴跌	bàodié	to slump
20.	營運	yíngyùn	operation
21.	資產	zīchǎn	asset
22.	證實	zhèngshí	to confirm
23.	協定	xiédìng	agreement
24.	研發	yánfā	to research and develop
25.	授權	shòuquán	to license
26.	專利	zhuānlì	patent
27.	開盤	kāipán	opening quotation
28.	淨值	jìngzhí	net worth
29.	網羅	wǎngluó	to net
30.	擴展	kuòzhǎn	to expand
31.	回饋	huíkuì	feedback
32.	資金	zījīn	capital; fund
33.	攜手	xīshǒu	to work together
34.	縮減	suōjiǎn	to shrink; to decrease
35.	彌補	míbǔ	to make up; to compensate
36.	虧損	kuīsǔn	loss; deficit
37.	轉型	zhuǎnxíng	transformation

二、訪談練習

第一部分

請訪問你的同學，並寫下同學的回答。

1. 如果你有一筆錢，你會投資什麼樣的公司？為什麼？

_____

_____

2. 你嘗試過AR或VR的產品嗎？你喜歡嗎？

_____

_____

3. 請問，在宏達電研發出AR或VR的產品時，你會想要購買嗎？為什麼？

_____

_____

新聞華語
xīnwén huáyǔ

4. 你認為現在的手機還可以增加些什麼功能？

_____

_____

5. 如果你是NOKIA的老闆，你覺得該怎麼做才能讓公司東山再起？

_____

_____

第二部分

如果你有機會，能夠訪問HTC的董事長王雪紅，你會準備哪些問題？請寫出五個你想問他的問題。

1. _____

2. _____

3. _____

4. _____

5. _____

266

三、想一想

1. 請問，你的手機是哪個品牌？為甚麼你會選擇這支手機？它有哪些地方吸引你？

_____

_____

2. 為什麼HTC會在智慧型手機市場上，逐漸退出舞臺？

_____

_____

3. 你認為VR與AR產業的優勢在哪裡？你嘗試過嗎？

_____

_____

4. 請問，你一天接觸手機多少時間？最常用哪些功能呢？

_____

_____

5. 就消費者而言，你希望手機大廠開發些什麼樣的新功能呢？

_____

_____

Note

國家圖書館出版品預行編目資料

新聞華語／楊銹惠編著. －－初版.－－臺北
市：五南，2018.08
　　面；　公分
ISBN 978-957-11-9664-0（平裝）
1.漢語　2.新聞　3.讀本
802.86　　　　　　　　　　107004434

1XCM 華語系列

新聞華語

編 著 者 — 楊琇惠（317.4）

發 行 人 — 楊榮川

總 經 理 — 楊士清

副總編輯 — 黃惠娟

責任編輯 — 蔡佳伶、蘇禹璇

校　　對 — 簡妙如

插　　畫 — 俞家燕

封面設計 — 姚孝慈

出 版 者 — 五南圖書出版股份有限公司

地　　址：106台北市大安區和平東路二段339號4樓

電　　話：(02)2705-5066　　傳　　真：(02)2706-6100

網　　址：http://www.wunan.com.tw

電子郵件：wunan@wunan.com.tw

劃撥帳號：19628053

戶　　名：五南圖書出版股份有限公司

法律顧問　林勝安律師事務所　林勝安律師

出版日期　2018年8月初版一刷

定　　價　新臺幣400元